師顧堂叢書

蔣鵬翔 沈楠 編

# 增廣司馬温公全集

四

〔宋〕司馬光 著

廣西師范大學出版社
GUANGXI NORMAL UNIVERSITY PRESS
·桂林·

# 本册目録

## 卷九十八　啓狀手書



## 卷九十九　記



## 卷一百　雜著

## 卷一百一　疑孟　史剡

### 疑孟



### 史剡

## 卷一百二　迂叟日録

## 卷一百八　祭文　哀辭

### 祭文



### 哀辭



## 卷一百九　挽詞　六十三首

# 增廣司馬温公全集卷九十五

## 序



### 進孝經指解序

聖人言則爲經動則爲法故孔子與曾參論孝而門人書之謂之孝經及傳授滋久章句寖差孔氏之人

畏其流蕩失眞故取其先出定本雜虞夏商周之書
及論語藏諸壁中苟使人或知之則旋踵散失故雖
子孫不以告也遭秦滅學天下之書掃地無遺漢興
河閒人顏芝之子得孝經十八章儒者相與傳之是
爲今文及魯恭王壞孔子宅而古文始出凡二十二
章當是之時今文之學已盛故古文排根不得列於
學官獨孔安國及後漢馬融爲之傳諸儒黨同迹異
信僞疑眞是以歷載累百而孤學沉厭人無知者隋
開皇中秘書學生王逸於陳人處得之河閒劉炫爲
之作稽疑一篇將以興墜起廢而時人已多譏咲之
者及唐明皇開元中詔議孔鄭二家劉知幾以爲宜
行孔廢鄭於是諸儒爭難蠭起卒行鄭學及明皇自

注遂用十八章爲定先儒皆以爲孔氏避秦焚而藏
者臣竊疑其不然何則秦科斗之書廢絶已久又始
皇三十四年始下焚書之令距漢興纔七年耳孔氏子
孫豈容悉無知者必待恭王然後逦出蓋始藏之時
去聖未遠其書最眞與夫佗國之人轉相傳授歷世
疎遠者誠不侔矣且孝經與尚書俱出壁中今人皆
知尚書之眞而疑孝經之僞是何異信膾之可啗而
炙之不可食也嗟乎眞僞之明皦若日月而歷世爭
論不能自伸雖些小異同不多然要爲得正此學者
所當重惜也前世孝經衆著五十餘家少著亦不減
十家今秘閣所藏止有鄭氏及古文三家而已其古
文有經無傳按孔安國以古文時無通者故以隸書

志

寫尚書而傳之然則論語孝經不得獨用古文此蓋後世好事者用孔氏傳本更以古文寫之其文則非其語則是也夫聖人之經高深幽遠固非一人所能獨了是以前世並存百家之說使明者擇焉所以廣思慮重經術也臣雖不足以度越前人之胷臆闚望先聖之藩籬至於時有所見亦各言爾志之義是敢輒以隸寫古文爲之指解其今文舊注有未盡者引而伸之其不合者易而去之亦未知此之爲是而彼之爲非然經猶的也一人射之不若衆人射之其爲取中多矣臣不敢避狂僭之罪而庶幾於先王之道万一有所禆焉

## 呂獻可章奏集序

歐陽觀文有言士學古懷道者仕於時不得爲宰相必爲諫官諫官與宰相等坐乎廟堂之上與天子相可否者宰相也立乎殿陛之前與天子爭是非者諫官也宰相九卿而下失職者受責於有司諫官失職者取譏於君子有司之法行乎一時君子之譏著之策書而昭明垂之百世而不泯誠哉是言也然士之居其任果能不失職者亦鮮矣獻可爲臺諫官前後凡十有二年遇黜者三皆以彈奏執政確切不已天子重傷大臣意不得已而黜之其直聲赫然振動天下自餘百官之愆違政事之闕失苟與之同時無間疆弱大小知無不言言無不盡如獻可皆於其職業可謂無所愧負矣古之人稱死而不朽者如臧文仲

旣沒其言立是也然文仲之言傳於今者無幾蓋時人不能存録遂使遺逸豈不惜哉光於獻可忝備僚友獻可平生造膝之言固不可得而聞今旣沒其子由庚等搜求章奏遺藁得三百餘篇光請集而序之俾後之人察其言足以知獻可之心然則獻可雖沒其心長存也嗚呼獻可以直道自立始終無缺而官止於諫大夫年止於五十八彼不以其道得者或位及將相壽及胡耇從愚者視之則可爲憤悒從賢者視之以此況彼所得所失孰爲多少邪後之人得是書者宜寶蓄之當官事君苟能效其一二斯爲偉人矣熙寧五年八月二十九日司馬光序

家範序

周易下家人利女貞彖曰家人女正位乎內謂二也男正位乎外謂五也家人之義以女爲本故先說女也男女正天地之大義也家人有嚴君焉父母之謂也父父子子兄兄弟弟夫夫婦婦而家道正正家而天下定矣象曰風自火出家人由內以相成熾也君子以言有物而行有恆家人之道修於近小而不妄也故君子以言必有物而口無擇言行必有恆而身無擇行初九閑有家悔亡凡教在初而法在始家瀆而後嚴之志變而後治之則悔矣處家人之初爲家人之始故必以閑有家然後悔亡也象曰閑有家志未變也六二無攸遂在中饋貞吉居內處中履得其位以陰應陽盡婦人之正義無所必遂職乎中饋巽順而已是以貞吉也象曰六二之吉順以巽也九三家人嗃嗃悔厲吉婦子嘻嘻終吝以陽處陽剛嚴者也處下體之極爲一家之長者也行與其慢寧過乎恭家與其瀆寧過乎嚴是以家人雖嗃嗃悔厲猶得其道婦子嘻嘻乃失其節也象曰家人嗃嗃

未失也婦子嘻嘻失家節也六四富家大吉能以其富順而處位故大吉也若但能富其家何足爲大吉體柔居巽履得其位明於家道以近至尊能富其家也象曰富家大吉順在位也九五王假有家勿恤吉假至也履正而應處尊體巽王至斯道以有其家者也居於尊位而明於家道則下莫不化矣父父子子兄兄弟弟夫夫婦婦六親和睦交親愛樂而家道正正家而天下定矣故王假有家則勿恤而吉象曰王假有家交相愛也上九有孚威如終吉處家人之終居家道之成刑于寡妻以著于外者也故曰有孚凡物以猛爲本者則患在寡恩以愛爲本者則患在寡威故家人之道尚威嚴也家道可終唯信與威身得威敬人亦如之反之於自則知施於人也象曰威如之吉反身之謂也太學曰古之欲明明德於天下者先治其國欲治其國者先齊其家欲齊其家者先脩其身欲脩其身者先正其心欲正其心者先誠其意欲誠其意者先致其知致知在格物物格而後知致知

致而後意誠意誠而後心正心正而後身脩身脩而後家齊家齊而後國治國治而後天下平自天子以至於庶人壹是皆以脩身爲本其本亂而末治者否矣其所厚者薄而其所薄者厚未之有也此謂知本此謂知之至也所謂治國必先齊其家者其家不可教而能教人者無之故君子不出家而成教於國孝者所以事君也弟者所以事長也慈者所以使衆也詩云桃之夭夭其葉蓁蓁之子于歸宜其家人宜其家人而後可以教國人詩云宜兄宜弟宜兄宜弟而後可以教國人詩云其儀不忒正是四國其爲父子兄弟足法而後民法之也此謂治國在齊其家孝經曰閨門之內具禮矣乎宫中之門其小者謂之闈禮者所以治天下之法也閨門

之內其治至矣然而治天下之法舉在是矣嚴父嚴兄事君事長之禮也妻子臣妾猶百姓徒役也徒役卑賤也妻子猶百姓臣妾猶卑賤御之必以其道然後上下相安

昔四岳薦舜於堯曰瞽子父頑母嚚象傲無目曰瞽舜父有目不能分別好惡故時人謂之瞽配字曰瞍瞍無目之稱心不則德義之經為頑象舜弟之字傲慢不友言並惡克諧以孝烝烝乂不格姦諧和烝進也言能以至孝和諧頑嚚昏傲使進以善自治不至於姦惡帝曰我其試哉言欲試舜觀其行迹女于時觀厥刑于二女女妻刑法也堯於是以二女妻舜觀其法度妻二女以治家觀治國釐降二女于媯汭嬪于虞降下嬪婦也舜為匹夫能以義理下帝女之心於所居媯水之汭使行婦道於虞氏帝曰欽哉歎舜能修己行敬以安人則其所能者大矣

詩稱文王之德曰刑于寡妻至于兄弟以御于家邦此皆聖人正家以正天下者也降及後世爰自鄉士乃至匹夫亦有家行隆可羨為人法者今采集以為家範

## 送李子儀序

寶元中某從事在華子儀僑居州下始得從之遊竊嘗與僚友議曰人之裕於才者或徧於行豐於行者或歉於才要之不能得兼若子儀者才如是行如是他日吾屬其敢望乎閒二年子儀外進士第名聲暴灼於縉紳閒某聞之喜曰所期果不負矣又五年某與子儀俱官太學下日夕相從講道甚樂不幸子儀遭先府君憂去職服除來還則若去遷他官雖不得亟見然慕重其爲人常若在傍也皇祐三年丞相文公出鎮許昌士大夫願從公東以自効於幕下者甚衆公無取獨與子儀俱東以文公之明且公而子儀獨膺其選其不輕而重可知矣論者猶諭子儀不宜

捨中都遊外方夫玉巨用之則爲璧爲圭細用之則爲環爲玦玉能明絜潤澤而已矣璧與圭環與玦唯工者之所爲玉豈能自制哉行矣子儀君子之道猶玉也亦烏適而不見貴乎

## 諸兄子字序

余兄子十四人大抵未字皇祐二年告歸過家徧爲之字皆附其名以寓訓焉京字亢宗京大也孟子曰天爵脩而人爵從之耳姑大其德乎然後宗有所亢矣亢字信之孔子稱去食去兵而信不可去信者行之本也禀字從之從順也君子在家則禀於親出則禀於君無所不用其順焉夫順者天之所助也元字茂善元者善之長也勉善不已能無從乎育字和之

致中和天地位焉萬物育焉况其邇者乎良字希祖詩云無忝爾祖聿修厥德君子修德以爲祖也可不勉乎富字希道智者富於道愚者富於賄耳其勉於智乎齊字居德齊中也孔子曰中庸之爲德其至矣乎居德以中奚適而不利哉方字思之方道也孔子曰道不遠人苟思之精行之勤則何遠之有哉奕字成德奕明也明敏辨智天之才也中和正直人之德也天與之才必資人德以成之與其才勝德不若德勝才故願尔勉於德而巳矣亥字補之君子之事上進思盡忠退思補過異日尔仕於朝者當以仲山甫爲法乎章字晦之君子之道闇然而日章然則若道之章者其爲晦乎爽字襄美詩云夙興夜寐無忝爾

所生奕世之羡將待尔而襲之可不勉歟喬字承之尔於昆弟中爲最幼承祖之羡者捨尔尚誰任哉嗚呼朝夕不離於口耳者名字而已尔曹苟能言其名求其義聞其字念其道庶幾吾宗其猶不爲人後乎

## 越州張察推字序

天下之事未嘗不敗於專專於隘隘則睽睽則窮共則愽愽則通通則成故君子脩身治心則與人共其道興事立業則與人共其功道隆功著則與人共其名志得欲從則與人共其利是以道無不明功無不成名無不榮利無不長小人則不然專己之道而不能從善務義以自廣也專己之功而不能任賢與能以自大也專己之名而日恐人之勝己也專己之利而

不欲人之有之也是以道不免於蔽功不免於損名
不免於辱利不免於亡此二者君子小人之大分也
陜郡張君名共才甚美行甚脩舉進士登上科今從
事於浙東某辱與張君爲同郡人習其爲人固以竊
以爲古者名於覲而字於朋友字亦附名而爲義焉
某是敢輒廣其名之義而字曰大戎以勉之異日張
君克充其名顯裕光大庸可量哉

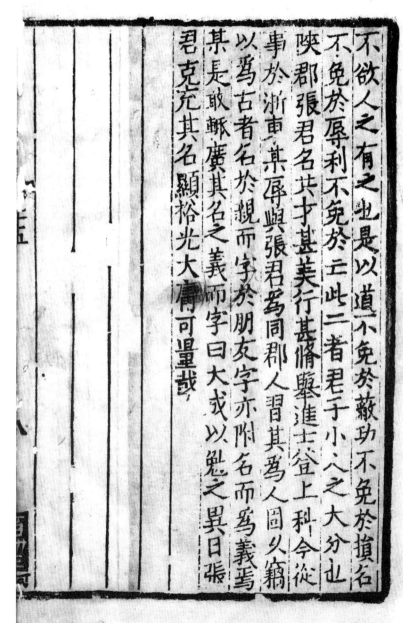

# 增廣司馬温公全集卷九十六

序

河南志序

周官有職方土訓誦訓之職掌道四方九州九州之事物以詔王知其利害後世學者為書以述地理亦其遺法也唐麗正殿直學士韋述爲兩京記近故龍圖閣直學士宋敏求字次道演之爲河南長安志凡其廢興遷徙及宮室城郭坊市第舍縣鎮鄉里山川津梁亭驛廟寺陵墓之名數與古先之遺迹人物之俊秀守令之良能花卉之殊尤靡不備載考諸韋記其詳不啻十餘倍開編粲然如指諸掌眞博物之書也次道性嗜學先正宣獻公蓄書三万卷次道自毀齒至于白首從事其間未嘗一日捨置故其見聞博洽當時宰倫又閑習國家故事公私有疑咸往質焉

又嘗著書如唐書一仁宗實錄　國史會要集史
記之類與衆共之或專修而未成者皆不計外其手
自纂述已成者凡四百五十卷蓋昔人所著未有若
此其多也次道既没太尉潞公留守西京其子慶曾
等奉河南志以請於公曰先人昔嘗佐此府叙其事
尤詳惜其傳於世者甚鮮願因公刻印以廣之豈徒
先人蒙不朽之賜於泉壤抑亦使四方之人未嘗至
洛者得之如遊處之熟後世聞今日洛都盛者得
如身逢目睹也幸公留意公從之且命光爲之序光
於次道友人也豈敢以固陋而辭

洛陽耆英十二老會序

昔白樂天在洛與高年者八人遊時人慕之爲九老

圖序哉宋興洛中諸公繼而爲之者凡載矣皆圖形於普明僧舍樂天之故第也元豐中潞國文公留守西都韓國富公納政在里其餘士大夫以老自逸於洛於時爲多潞公謂韓公曰凡所以慕於樂天者以其志趣高逸也奚必顓與地之襲焉一旦悉集士大夫老而賢者於韓公之第寘酒相樂賓主凡十有二人既而圖形覺空僧舍仍各賦詩時人謂之耆英會孔子曰好賢如緇衣取其弊又改爲樂善無厭也二公寅亮三朝爲國元老入贊万機上則固社稷尊宗廟下則熙百工和万民爲天子腹心股肱耳目天下所取安所取中其勳業閎大者豈樂天所能庶幾然猶慕效樂天所爲汲汲如弗及豈非樂善無厭者歟

又洛中舊俗燕私相聚尚齒不尚官自樂天之會已
然是日復行之斯乃風化之本可續也宣徽王公留
守北都聞之以書請於三公曰某亦家洛位不與
數客之後顧以官守不得卮酒在坐席良以爲恨願
留其名幸無遺我其請耳公嘉羨如此光未七十用
狄監盧尹故事亦預於會潞公命光序其事光不敢
辭元豐五年正月壬辰端明殿學士兼翰林侍讀學
士太中大夫提舉嵩山崇福宮司馬光　君實序

辭免恩禮劄子

臣昨夜准　御批指揮令早再有奏禀蒙復降　御
批依二十八日指揮臣承命戰惶措躬無地伏念臣
忝爲大臣　陛下賜之一顧賜之一言賜之卮酒賜

之心累累臣亦當稽首拜謝況進以高位加之寵名榮動搢紳澤流苗裔豈可即安私室專養沈痾不造王庭坐受圭組不獨爲海内之所共責有司之所直繩天威違顏不出咫尺隕越蹶踣焉　聖朝蓄臣雖至愚粗知自愛何敢受此自納不測之誅伏望　聖慈矜憫疾且所患稍痊安日止依十四日十七日所降指揮減拜入謝及於景靈宮福寧殿　神御前恭謝使差可自安其二十八日指揮且以死自守必不敢奉詔取進止

謝減拜禮劄子

今月五日准尚書省劄子以臣前奏乞候所患稍痊安日依正月十四日十七日所降指揮減拜入謝及

於景靈宮福寧殿神　御前恭謝今月二日三省奉
聖旨依正月二十八日指揮臣聞君待臣以惠臣奉
君以恭致能上下相親貴賤交泰　陛下念臣衰老
抱病筋力疲羸特損朝儀以從私礼　陛下之大恵
也臣若不知禮躰有靦面目坐受優恩曾無辭避是
君有惠而臣不恭上行施而下無報臣雖頑昧心豈
敢安伏望　聖慈如臣前奏依正月十四日十七日
指揮庶使微軀有地自處取進止二月八日三省同奉
聖旨依今月二日指揮

聖旨劄子

五月二日奉　聖旨尚書左僕射兼門下侍郎司馬
光所患已安惟足瘡有妨拜跪不候參假時放正謝

仍權免赴前後殿起居許乘轎子三日至都堂聚議
或門下尚書省治事

辭免供職劄子

臣伏覩尚書省録黄今月二日奉　聖旨者臣聞
命震恐无地自處竊念臣臟腑雖安飲食如故但兩
足無力瘡口未合步履艱難拜起不得以此未果朝
參至於數日一至政事堂乃唐世以來宿德元老高
年有疾　朝廷尊礼特降此命豈伊微臣所敢倫擬
況臣自正月二十一日請朝假至今百三十餘日豈
有未見君父輒赴省供職況臣於病中除左僕射雖
累具劄子辭免未蒙開允仍蒙就家賜以告身臣亦
未敢祗受方俟日覲　天顔面陳至懇豈可遽治尚

書省事伏望　聖慈俟臣步履稍有力拜起得成禮
假了日與諸執政一例供職貴於微軀差得自安所
有今月二日指揮乞賜寢罷取進止五月三日奉
聖旨依前降指揮不許辭免仍令閤門告示許肩輿
至內東門外令男康扶掖至小殿對特免起居令引
見前一日聞奏

謝許乘轎子劄子

臣今月二日聞有　聖旨云云臣以恩禮太優不敢輒
當尋具劄子辭免今月四日又覩中書省錄黃奉
聖旨云云如此則禮數愈重尤不敢當臣切惟富弼
三世輔臣德高望重　神宗皇帝想見其人故特制
此禮乃自古所無顧臣何人敢與為比況親屈乘輿

時御小殿以臣勸君其罪至大然陛下優借而天
威咫天咫隕越隨之似此異數臣使不敢受乞只候
垂簾日於延和殿引見并乞上殿然事有不得已者
雖知僭越不得不承順　聖恩臣即日上下馬未得
及足上有瘡深恐馬汗欲乞如今来　聖旨權許乘
轎子出入及入內至常時下馬處乘轎子又臣兩足
無力若無人扶掖委實全拜起不得欲乞今來入見
及將來每遇入對並權許令臣男康入殿遇拜時扶
掖候瘡安日皆復舊規如此則生成之仁已踰於天
地非臣隕身喪元未能報塞所有其餘禮數並乞寢
罷取進止

御批

五月三日三省同奉　聖旨令乘轎子至崇政殿門外於延和殿垂簾日引對餘並依前降指揮

聖旨劄子

六月二十日奉　聖旨尚書左僕射司馬光奏乞自今後遇延和殿垂簾日赴起居奏事依所乞爲足瘡今後許乘轎子至下馬處所有起居等宜特與權免拜令男康扶掖入殿仍指揮合屬去處照會施行

增廣司馬温公全集卷第九十六

# 增廣司馬溫公全集卷九十七

## 表



## 啓



慰神宗皇帝表

臣今月二十三日蒙西京宣宗三十日

太皇太后遺誥者旻天降禍仙馭上賓奉訃哀惶罔
知所措伏以
太皇太后作配
仁祖聽政英朝洪基所以固安景命由其保佑風化
形於海內德澤結於民心宜永享東朝之尊長膺天
下之養而中壽未至大期有終哀纏兩宮痛浹万宇
恭惟
皇帝陛下孝心罔極號慕難居瞻內寢以如存追慈
顏而靡及伏望上爲宗廟之重下庇烝民之生少抑
聖情俯就中制臣忝列侍不獲奔赴闕庭瞻望宸極
臣無任

## 獻資治通鑑表

臣光言先奉勅編集歷代君臣事跡奉
聖旨賜名資治通鑑今已了畢者伏念臣性識愚魯
學術荒疏凡百事爲皆出人下獨於前史粗嘗盡心
自幼至老嗜之不厭每患遷固以來文字繁多自布
衣之士讀之不徧況於人主日有萬機何暇周覽臣
嘗不自揆欲刪削冗長舉撮機要專取關國家盛衰繫
生民休戚善可爲法惡可爲戒者爲編年一書使先
後有倫精粗不雜私家力薄無由可成伏遇
英宗皇帝資睿智之性敷文明之治思歷覽古事用
恢張
大猷爰
詔下臣俾之編集臣夙昔所願一朝獲伸踴躍奉承

惟懼不稱
先帝仍命自進群官屬於崇文院置局許借龍圖天
章閣三館秘閣書籍賜以御府筆墨繒帛及御前錢以
供果餌以內臣爲承受
眷遇之榮近臣莫及不幸書未進御
先帝違棄群臣
陛下紹膺
大統欽承
先志寵以冠序錫之嘉名每開經筵常令進讀臣雖
頑愚荷
兩朝知待如此其厚隕身喪元未足報塞苟智力所
及豈敢有遺會差知永興軍以衰疾不任治劇乞就

冗官

陛下俯從所欲曲賜容養差判西京留司御史臺及
提舉崇福宮前後六任仍聽以書局自隨給之祿秩
不責職事臣既無他事得以研精極慮窮竭所有日
不足繼之以夜徧閱舊史旁采小說簡牘盈積浩如
煙海抉擿幽隱校計豪釐上起戰國下終五代凡一
千三百六十二年修成二百九十四卷又略舉事目
年經國緯以備檢尋爲目錄三十卷又參考群書評
其同異俾歸一塗爲考異三十卷合三百五十四卷
自治平開局迨今始成歲月淹久其間抵捂不敢自
保罪負之重固無所逃臣光誠惶誠懼頓首頓首重
念臣違離闕廷十有五年雖身處于外區區之心朝

夕寤寐何嘗不在
陛下之左右顧以駑蹇無施而可是以專事鉛槧用
酬
大恩庶竭涓塵少裨海嶽臣今筋骸癯瘁目視昏近
齒牙無幾神識衰耗目前所為旋踵遺忘臣之精力
盡於此書伏望
陛下寬其妄作之誅察其願忠之意以清閒之燕時
賜省覽監前世之興衰考當今之得失嘉善矜惡取
是捨非足以懋稽古之盛德躋前世之至治俾四海
群生咸蒙其福則臣雖委骨九泉志願永畢矣臣光
上表

## 進古文孝經表

臣光言臣聞聖人之德莫加於孝猶江河之有源草
木之有本源遠則流大本固則葉繁是以由古及今
臣畜四海未有孝不先隆而能宣昭功化者也臣誠
惶誠懼頓首伏惟
體天法道欽文聰武聖神孝德皇帝陛下純孝之性
發於自然動靜云為必咨訓典起居出入不忘
先烈以為滁州者
太祖皇帝所以禽馘姦桀肇開王迹并州者
太宗皇帝所以芟夷僭亂混清九圍澶州者
真宗皇帝所以攘却貪殘億寧華夏皆大勳懿業威
靈所存遂命有司分建原廟圖繢
聖容躬題扁榜嚴奉之禮備盡恭勤羽衛供帳率提

豐衍茲有以見
陛下尊顯
祖宗之意無不至矣經曰愛敬盡於事親而德教加
於百姓刑于四海夫以
陛下天授之資愛敬之志而又念夫百官者
祖宗之百官不可以私非其人府庫者
祖宗之府庫不可以賞非其功法令者
祖宗之法令不可以罰非其罪慎之重之益自儆戒
如是則爲無不成求無不給榮名之彰炳如日月基
緒之固巍如泰山黎民乂安四夷懷服草木禽魚靡
不茂豫此誠孝德之極致也臣愚幸得補文館之缺
以經史爲職竊覩秘閣所藏古文孝經先秦舊書傳

注遺逸孤學湮微不絕如綫是敢不自揆量妄以所聞爲之指解辭才識褊淺無能發明庶幾因聖人之言得少關

省覽則養士之臣榮願足矣其古文孝經指解一卷謹隨表奉進以聞臣光誠惶誠懼頓首頓首謹言

## 奏彈王安石表

熙寧三年御史中丞光等累次全臺上疏參知政事王安石不合妄生姦詐熒惑

聖聰及公亮等各務依違未曾辨正乞明其罪不蒙

施行切以易喻履霜示爲君制臣之術書戒作福明凶國害家之常易書之義其知幾乎君子見幾不俟終日是以自古君無過失而臣不姦欺蓋知其幾而

過其端也伏遇
陛下即位以来日慎一日聞過則喜從諫如流四方
翹企以望太平萬俗謳謡而陶美化其以用安石爲
相斯見
陛下焦中心而求治急先務以濟時者也而安石備
政府必當輔國以伊周之道致時爲堯舜之民發政
施人俾合輿意而安石首倡邪術欲生亂階違法易
常輕華朝典學非言僞王制所誅非曰良臣是爲民
賊而又牽合衺世文飾姦言徒有嗇夫之辨談拒塞
爭臣之正論加以朋黨鱗集親舊星攢或備近繖或
居重任窺伺神器專制福威人心動揺天下驚駭苟
陛下不過其端則安石爲禍不小夫書易之戒正急

於斯已

陛下以安石有師保之尊故舊之恩俾爲相臣使預

政事昔嘗尊極榮徙開設几燕貴鄉衍惟見禁宮豈

有俾居顯重而妄使改爲若不正其罪惡亦難以順

乎衆意且職居御史身爲諫官非不能希意苟合以

求寵榮蓋以立君朝者當勵己以去邪食君祿者必

輕身而爲國臣之與安石猶冰炭之不可共器若寒

暑之不可同時是以屢犯

天顔輒陳狂瞽心既爲國寧復愛身苟今日蒙鈇鉞

之誅勝異日死賊臣之手伏願

陛下獨奮乾剛專行史吏一遵

祖憲無用邪謀誅逐亂臣延納正士上以順

皇太后之意下以慰億兆人之心則臣等退就鈇鉞
亦所甘心

## 謝提舉崇福宮

臣某言伏奉勑命宜令再任提舉西京崇福宮者曩
奏上陳始虞報罷黈聰垂聽亟沐頒恩祗荷寬優伏
增兢悸伏念臣器非適用學不知方被遇三朝忝塵
二禁紆天光之顧問侍經席之從容亦嘗委總憲司
訖無報稱擢陪樞府不敢叨居剖竹維都蔑聞於治
効分臺洛邑幸養於沉痾仍再領於祠庭逐十更於
歲籥頃自受命先帝俾刊舊聞逮
陛下之纘圖發德音而繼至而臣携藁在外奏篇未
經蓋簡冊之浩繁致歲時之淹久雖官守無事勲四

躰之不勤而史李紬書實寸陰之是惜懼先溝壑以負恩私久去班行顧其他而無補坐糜禄廩嘗自訟而靡遑尚或無厭復求自便輒拔私懇輕冒宸嚴豈謂皇帝　陛下大德包荒至明燭遠罔責再三之瀆曲垂開可之私盖特出於異恩故不拘於盡法乾坤至大雖万物皆遂其生雨露新霑或一夫獨被其澤惟顓愚之無狀容僥倖以兹多臣敢不深戒宴安之勤夙夜畢精撰述圖報生成臣無任

賀李大臨舍人知制誥啓

光膺詔撿榮踐掖垣伏惟慶慰竊以孚號四方追風烈於前古垂鴻來世示軌範於方今代天之選既憂得人之慶尤重眷兹遴選允副僉諧恭以　紫微舍

人性緼粹和學通幾奥協大儒之美俗得君子之時中盖材備則其用必周器大則其成匪易是以囬翔中外茂建風轂挺然攬轡之威乃有擊豪之妙乃復擢躋侍從潤色王猷哉彝群光渙汗基命足以徵多士之素望爲本朝之輝光方欣天寵之優仍竊宫聯之幸遷頻勤眷垂示華牋載窺麗容之詞徒積感銘之素

# 增廣司馬温公全集卷九十八

啓狀　手書

荅董子勉殿丞書　又啓

慰人父母亡殁狀　十二月氣候

與稍尊及平交啓狀

授門下侍郎謝兩府狀 前兩府同

某啓祇奉恩綸進叅國論力避不獲冒處九慙伏念某識謝通方學非貫道荷三　朝之眷遇極兩禁之清華備顧問於經帷頒詔條於藩服緣衰殘而自乞庇冗散以取容弥歷歲時優遊田里比卒陳編之業亟塵秘殿之班誤簡聖知繫紆召札方朝近陛遽陟東臺顧惟朽蠹之姿曷稱輔和之任此蓋　某官燮調鈞化勵翼帝猷啓道淵衷甄收舊物致兹迂拙茂對寵休感佩之私喻言奚旣

謝親王使相狀

右某啓下同前此蓋　某官藩垣帝室柱石邦基下同

謝兩制狀

右某啓下同前此蓋　某官眷私朋類獎借題評下同

回謝外任諸官啓

右某啓此者叨膺中詔俾貳東臺內省無堪固辭不獲　某才非致遠學不造微早遘亨嘉屢承褒擢雖竭駑鈆之力曾微絲髮之功豈期不次之恩遽及凡庸之品此蓋　某官義篤推轂仁及噓枯顧憐無似之蹤崇尚相先之美就茲衰朽誤被恩私仍荷眷勤曲形存誨抑承謙厚益重悚惶云云

回北京相公辭免狀

伏審命敷宸扆秩視台司　榮易節旄改司宫鑰恭惟某官才挺人傑望崇世臣識處造於精微德業兼於久大隱若長城之固蔚然巖石之高寅亮西朝公忠一節久積搢紳之令聞夙膺當宁之重知分正成周之勞績巳成於西邑保釐全魏英聲仍振於北門寵數之優僉諧惟允岂意謙冲之美尚兹遜避之勤宜副勞求早從譽處曲承音教偎及么私惶愧之深名言罔迨

與稍尊及平交啓狀

某啓時候伏惟　某官尊候萬福（平交則云動止万福）某即日蒙免未由覲展伏冀順時善加保養卑情不任勤禱之至（平交則云仍慰勤懷）謹奉啓起居不宜謹啓

某官閤下　　月　日具銜姓某啓上

與甲官啓狀

某啓間別浸久眷仰增勞（不相識則云久欽令望徒勞向往）忽辱來書深以爲慰（無書来則去礼不枉書无以爲尉）某諸弊少理首冬薄寒（時候隨月如後）未由欵晤更希順時勤自保愛不宣謹狀

月　日具銜姓某狀上

某官左右

回謝賀正狀

伏以人統更端王春歷日三朝襲吉萬寳惟新恭惟

某官德懋惇中躬函方厚謹於潔矩行有宮庭明以剸煩政無髖髀逢皇旦之累洽立賢基而會昌屢兹

令辰介以休福未皇脩問先辱寄聲慟懞之深名陳
靡及

回謝賀冬狀

伏以一陽施種万彙造端登魯觀以考祥參洛圭而
㘴日恭惟某官淳和表物惇大履中散揮齊敏之才
茂對休寧之運覆茲令序坌集繁禧某以官守所嬰
書文未達敢期謙挹遽枉誨存內自揣循殆無容措

回遠迎狀

玆者言旋故里已届近郊幸展奉之有期辱誨言之
先及其爲愧悚靡追敷宣

又

伏審榮驅騶馭已届郊畿諒惟涉履之餘尤奭節宣

之適即詣叅候預集欣愉

又

伏審夙馳星騎已次郊畿未及叅承先蒙誨問其爲愧悚靡逮稱陳

荅董子勉殿丞手書

某啓違闊寖久企詠良深比枉書問稍慰勤懷其諸弊止理首夏清和未由展奉惟冀順時善加愛重

別帋

某啓爲別忽數載頃日荼蓼之苦赴弔既不以時自後屢蒙賜書今春専信來値某在壽安比歸愚子輒以遣回又不果脩報積是惰慢負咎非一縱寛明垂宥私自忖愧赧恧反仄無地自處即日起居何如差

遣當授何處氣候煩欝惟強食自愛以爲懇禱不宣

某再拜

又啓

寫書后覆觀來示乃知已授倉局無知去冬尊候大不安重以憂子化去人生值災運時往往不一事而止惟以道寬遣勿使悲傷更有所損切禱切禱掌庾雖未稱美才然今茲得之亦未必不是佳處勝於倅宰之勞也來書稱引殊過當非惟增不肖之罪亦恐仰累明哲今往希息此論也

再荅

某啓初暑起居何似專人來蒙貺書荷意顧之厚不勝感愧未涯展謁第深傾謁不宣某頓首

小簡

某啓久不脩問恭惟起居佳裕每辱不忘時賜誨筆感愧何已某近蒙恩改崇福職業益無事於老懶尤所便也秋暑未由展奉祝在加愛

又

所蒙寵諭非所敢聞某以愚鄙無堪養痾散地得老林泉幸矣其它非其志也慙悚

慰人父母亡殁狀

某頓首不意凶變某官奄弃榮養奉訃驚怛不能自已緬惟孝心絲至思慕號絶何可堪居日月流速奄踰旬朔或云已踰卒哭小祥大祥哀痛柰何不審自罹荼毒氣力何似惟冀强加飦粥俯從禮制某冗役所縻未由奉

尉悲係增深謹奉狀不宣

與稍卑官啓狀

某啓時候伏惟其官動止萬福某即日幸如宜未由展奉惟順時善加保愛用尉遠懷謹奉狀不宣謹狀

月　日具銜姓某狀上

某官　左右

與提舉留台

某久不接見方積思企日憶餘論適辱誨筆方審以足疾在告不勝怏怏束於著令不得躬往候問惟冀精意藥食多自愛重

與錢舍人

某再拜比日聞君倚有滁州之命某是時已入四章

求自黜若訟君倚以言獲罪不當如此之重乃是自
爲遠地也以此不敢與君倚同謫而已至今尚未得
請欵留則不得曉夕皇皇橫身無所抑視君倚如僊
者輕重計君倚亦不用此爲戚戚也以著令未得躬
往致餞

# 增廣司馬温公全集卷九十九

記

## 仁宗御書記

皇祐初故右諫議大夫張公爲翰林侍讀學士仁宗皇帝謂侍臣曰朕宅帝位幾三十年天下名儒皆常與之遊自得張某使我日聞所未聞因書紙爲博學字命使者即其家賜之當是時國家中外無事天子方嚮藝文同侍殿閣者皆名臣之選無不環觀愧羨莫敢望然公既没十有六年公之子謹字材之將著其書工石謂某曰必爲之記某曰昔公知滑州某從事於幕下嘗聞公之言曰余平生喜書讀之不啻數十百過其簡編弊矣然每發之必有新獲之意焉噫公之篤學如此宜其當明主之知爲多聞之友受殊常之寵成不朽之賜也使曩也先皇帝賞公以萬金

於今何有固不若垂一言之褒其爲子孫光榮世世無窮也夫知人則哲帝堯之所難仲尼門人以數千獨稱顏淵爲好學今材之所爲欲以彰先皇帝之知人而揚先公之好學也夫彰君之明忠也揚父之美孝也惟忠與孝材之兩有焉其也雖不有文又焉敢辭

## 韓魏公祠堂記

没而祠之禮也由漢以來牧守有惠政於民者民或爲立生祠雖非先王之制皆發於人之去思亦不可廢也然任時寖遠人寖不之忘惟唐狄梁公爲魏州刺史屬契丹逃河北梁公省徵戰守備撫綏彫弊之民民安而虜自退魏人祠之至今血食熙寧初河北

水溢地大震官寺民居蕩覆太半詔以淮南節度使司徒兼侍中韓魏公爲河北安撫使判大名府兼北京留守公既愛民如愛子治民如治家去其疾忘己之疾閔其勞忘己之勞未幾居者以安流者以還飢者以充乏者以足群心既和歲則屢豊在魏五年徙判相州魏人涕泣遮止數日乃得去魏人思公而不得見也相與立祠於熙寧禪院塑公像而事之後二年公薨于相州魏人聞之爭奔走哭祠下雲合而雷動連日乃稍息自是每歲公生及違世之日皆來致祠作佛事未嘗少解噫公之德及一方功施於一時者魏人固知之矣至於德及海内功施後世者亦嘗知之乎公爲宰相十年當仁宗之末英宗之初朝廷

多故公臨大節處危疑苟利國家知無不爲若湍水之赴深壑無所疑憚或諫曰公所爲如是誠善萬一蹉跌豈唯身不自保恐家無處殆非明哲之所尚也公歎曰此何言也凡爲人臣者盡力以事君死生以之顧事之是非何如耳至於成敗天也豈可豫憂其不成遂輟不為哉聞者愧服其忠勇如此故能光輔三后大濟艱難使中外之人餔啜嬉遊自若曾無驚視傾聽竊語之警坐置天下於大寧公之力也嗚呼公與狄梁公皆有惠政於魏魏人祠之然其爲遠近所尊慕年時雖遠而不毀非有大功於社稷爲神祇所相祐如是乎况梁公之功顯天下皆知之魏公之功隱天下或未能盡知也然則魏公不亦賢乎宜其

與梁公之祠並立於魏享祀無窮與公薨後九年魏人以狀授西京俾某爲記將刻于石竊惟梁公二碑乃李邕馮宿之文某實何人敢不自量顧魏人之美意不可抑又欲以其所未知者諗之故不敢辭

## 獨樂園記

孟子曰獨樂樂不如與人樂樂與少樂樂不如與衆樂樂此王公大人之樂非貧賤所及也孔子曰飯蔬食飲水曲肱而枕之樂亦在其中矣顔子一簞食一瓢飲不改其樂此聖賢之樂非愚者所及也若鷦鷯巢林不過一枝偃鼠飲河不過滿腹各盡其分而安之此乃迂叟之所樂也熙寧四年迂叟始家洛六年買田二十畝於尊賢坊北闢以爲園其中爲堂聚書

五千卷命之曰讀書堂堂南有屋一區引水北流貫
宇下中央爲沼方深各三尺疏水爲五派注沼中狀
若虎爪自沼北伏流出北階懸注庭下狀若象鼻自
是分爲二渠繞庭四隅會於西北而出命之曰弄水
軒堂北有沼中央有島島上植竹員周三丈狀若玉
玦攬結其杪如漁人之廬命之曰釣魚庵沼北横屋
六楹厚其墉茨以禦烈日開户東西南北列軒牖以
延凉颸前後多植美竹爲清暑之所命之曰種竹齋
沼東治地爲百有二十畦雜蒔草藥辨其名物而揭
之畦北植竹方徑丈狀若棊局屈其杪交相掩以爲
屋植竹於其傍夾道如步廊皆以蔓藥覆之四周植
木藥爲藩援命之曰采藥圃圃南爲六欄芍藥牡丹

雜花各居其二每種止植兩本識其名狀而已不求
多也欄北爲亭命之曰澆花亭洛城距山不遠而林
薄茂密常若不得見乃於園中築臺構屋其上以望
萬安轘轅至於太室命之曰見山臺迂叟平日多處
堂中讀書上師聖人下友群賢窺仁義之原探禮樂
之緒自未始有形之前暨四達無窮之外事物之理
舉集目前所病者學之未至夫何求於人何待於外
哉志倦體疲則投竿取魚執衽採藥決渠灌花操斧
斫竹濯熱盥手臨高縱目逍遥徜徉唯意所適明月
時至清風自來行無所牽止無所止耳目肺腸悉爲
己有踽踽焉洋洋焉不知天壤之間復有何樂可以
代此也因合而命之曰獨樂園或咎迂叟曰吾聞君

子所樂必與人共之今吾子獨取足於己不以及人其可乎迂叟謝曰叟愚何得比君子自樂恐不足安能及人況叟之所樂者薄陋鄙野皆世之所棄也雖推以與人且不取豈得強之乎必也有人肯同此樂則再拜而獻之矣安敢專之哉

## 陳氏四令祠堂記

故左諫議大夫贈太師中書令秦國陳公某有三子長曰某國文忠公某官至樞密使同平章事左僕射次曰鄭國文惠公某官至戶部侍郎平章事太子太師致仕幼曰某康肅公某官至武寧軍節度使皆贈太師尚書令兼中書令始秦公爲濟源令縣西龍潭有延慶佛舍三子相與學其中既而相繼登進士科

文忠康肅公仍居群士之首遂接踵爲將相始大其家子孫蕃衍多以才能致美官棊布中外故當世稱衣冠之盛者惟陳氏其後文忠公自樞府出判河陽文惠公與其子主客郎中某孫虞部員外郎某康肅公之子祠部郎中某前後皆爲京西轉運使主客君之子某復爲濟源尉濟源河陽之屬縣河陽京西之屬郡也四世凡七人涖官於是濟源之人被陳氏之政爲多秦公尤有恩於民能使其民既去而思之虞部君嘗行部過濟源遊龍潭佛舍見秦公善政録真宗皇帝文忠公詩主客君題名皆刻于石歎曰吾家所以能顯大於世自非曾祖父勤施仁政於民三祖父力孝以取富貴何從而致之乎至于今子孫蒙福

祿不絶豈可不知其所自邪乃構堂於佛舍之側畫四公之像而祠之集三石刻皆置祠下且屬其爲之記某曰某之文不足以發揚先君之美不敢爲辭曰不然某之建是祠堂非敢自矜奕世之美蓋欲來者見之知愛民好孝可以大其家有以勸也某曰君之言其意遠其志益大矣某何敢辭若夫四公之事業則有國史在某不敢及也

## 先公遺文記

王藻曰父没而不能讀父之書手澤存焉尔楊子曰書心畫也今之人親没則畫像而事之畫像外皃也豈若心畫手澤之爲深切哉今集先公遺文手書及碑誌行狀共爲一櫝寘諸影堂子子孫孫永祇保之

## 諫院題名記

古者諫無官自公卿大夫至于工商无不得諫者漢興以来始置官夫以天下之政四海之衆得失利病萃於一官使言之其爲任亦重矣居是官者當志其大捨其細先其急後其緩專利國家而不爲身謀彼汲汲於名者猶汲汲於利也其間相去何遠哉天禧初真宗詔置諫官六員責以職事慶曆中錢君始書其名於版某恐久而漫滅嘉祐八年刻著于石後之人將歴指其名而議之曰某也忠某也直某也曲嗚呼可不懼哉

## 聞嘉縣重修縣學記

或問太古何如曰不如今治也何以言之曰古之人寒

衣而饑食貪生而畏死不殊於今也喜怒哀樂好惡欲與民俱生非今有而古無也古之人食鳥獸之肉草木之實而衣其皮鳥獸日益殫草木日益稀人日益衆物日益寡視此或不足視彼或有餘能相與守死而勿爭乎爭而不已相賊傷相滅亡人之類蓋可計日而盡也聖人者愍其然於是作而治之擇其賢智而君長之分其田土而疆域之聚其父子兄弟夫婦而安養之施其禮樂政令而綱紀之明其道德仁義孝慈忠信廉讓而教道之猶狂愚傲很之民悖戾而不從者於是鞭朴以威之鈇鉞以戮之甲兵以殄之是以民相與安分而保常養生而送終蕃衍而久長也及周之衰先王之道覆蕩崩壞幾無餘矣其不

絶者纖若毫芒自非孔子起而振之廓而引之使闊
大顯赫以迄于今則生民之衆幾何其不淪而為禽
夷也今國家所以奉事孔子非輕也廟食於國於州
於縣以歲時陳其俎豆鳴其金石以禮饗之自天子
之貴親北面而拜焉所以然者非一人之私爲道存
也然吏於州縣者或以簿領鞭朴爲急務視孔子之
祠及學校廢爲餘事置之曽不誰何彼真俗吏無足
道者閩嘉自前世固搢紳大夫之林藪也縣有孔子
廟咸平中武吏慈釋回修之尉李垂爲之記厥後繼
而爲長者其嚴事孔子之心不能及釋回於是廟室
頽隳垣墉圮缺草樹荒榛碑石斷仆况於鄉飲酒之
容弦歌之音固不可得而睹聞矣今大夫馬君至而

歎曰嗚呼爲川者知防而不知濬則橫潰而不禁不爲民者知怒而不知教則愁怨而不從故善爲川者相高下而導之善爲民者明是非而告之是以爲者逸而從者易物遂性而功速成也今爲吏者不能揭先王之道以教之而曰吾專任刑罰亦足爲治者是掩民之耳目而以陷阱俟之也不仁孰大焉乃屬邑中之賢士大夫而告之曰今孔子之廟廢不修士無所講其業民無所承其化斯豈惟令之罪亦二三子之恥也皆曰斯固邑人日夜所不忘而不敢請也今明府有命是天恕聖人之道而以明府賜邑人也敢不奔走而承之乃相與斂村聚土葺屋之隳而壯大之修垣之圮而高亭之卑去木之椔而改樹之起碑之仆

而更刻之民不加賦吏不告勞不日而新廟煥然成
矣於是邑士之賢者士大夫相與朝夕誦堯舜之書詠
商周之詩於其中彬彬然有鄒魯之風矣噫馬君之
於學也既正其基矣猶未也今之吏率三歲而更後
之人繼而長於斯者宜勿替馬君之功引而伸之學
者宜卒成馬君之志而張大之知人所以嚴事孔子
者非徒飾其辭其文也固將明其道循其法心諭而
身行之使近者悅化遠者慕効縣邑及於鄉縣鄉及
於家父靡不慈子靡不孝兄靡不友弟靡不恭夫然
後知學之成而爲益大也夫道之污隆豈有常邪人
爲之則存不爲之則亡非道去人人去道也古者聖
治之時或耕者推畔行者推塗獄訟不興盜賊不作

彼風俗若是之美者豈古則可爲而今不可爲邪縣教
之未至故也今基旣正矣其餘則勉之而已矣何憚
不及於古邪人之言曰古者淳質故可教今民僞薄
故不可教其囂惑之言不足稽也於廟之成馬君謂
某旁縣之人也宜爲之記某以下文辭不敢爲使者
三返而不獲命因直述所聞而書

## 秀州真如院法堂記

壬辰歲夏四月有僧清辯踵門來告曰清辯秀州真
如草堂僧也真如故有講堂庳陿不足以庥學者清
辯與同術惠宗治而新之今高顯矣願得子之文刻
諸石以諗來者某曰某之不足以辱石則如平生不
習佛書不知所以去者師其請諸他人曰他人清辯

所不敢請也故維子之歸而子又何辭某固辭不獲
乃言曰師之爲堂也其志何如曰清辯之爲是堂
也属堂中之人而告之曰二三子茍能究明吾佛之
書爲人講解者吾且南鄉坐而師之審或不能則將
取於四方之能者伏謝不能然後相率祇精嚴寺迎
沙門道歡而師之又属其徒而告之曰凡我二三子
肇自今以及于后相與協力同志堂傾則扶之師缺
則補之以至於金石可弊山淵可平而講肄之聲不
可絶也某曰師之志則美矣抑某雖不習佛書亦嘗
剽聞佛之爲人矣夫佛西域之賢者其爲人也清儉
而寡慾慈惠而愛物故服弊補之衣食蔬糲之食巖
居麓處斥妻屏子所以自奉甚約而憚於煩人也雖

草木虫魚不敢妄殺蓋欲與物並生而不相害也凡此道皆欲消潔其身不爲物累蓋中國於陵子焦先之徒近之矣夫聖人之德周賢人之德偏周者無不覆而末流之人猶不免弃本而背原況其偏者乎故後世之爲佛書者日遠而日訛莫不修大其師之言而附益之以淫怪誕罔之辭以駭俗人而取世資厚自豐殖不知饜極故一衣之費或百金不若綺紈之爲愈一飯之直或萬錢不若膾炙之爲省也高堂鉅室以自奉養佛之志豈如是哉天下事佛者莫不然而吳人爲甚師之爲是堂將以明佛之道也是必深思於本原而勿放蕩於末流則治斯堂之爲益也豈其細哉

## 竚瞻堂記

元豐三年天子大饗明堂召河東節度使守司空兼侍中潞國文公自北都入覲于京師以相祀事禮成天子以公勳相三后克隆休澤敷乎烝民功安乎廟祧復命公以太尉留守西都於是公尹洛者三矣將行天子仍賜之詩云西都舊士女白首竚瞻公洛人喜公之來榮天子之言明年相與謀堂於資聖佛祠肖公之像於其中名之曰竚瞻又二年河南進士宋師中李徽與其鄉里士民之衆以書抵某曰公再爲宰相三守洛都雖惠化徧天下靡有不周而在洛爲多今吾鄉人掃兹堂而奉事之至于子孫固不忘異時遠方之人有過兹堂而不知其所以然者亦吾

人之恥也予盍爲我書其事著于石以傳告無窮某謝曰諸君以此屬我誠大幸然凡爲士者頌一守令猶且秉筆不敢輕爲況公之德業位望崇顯如是乃使如某者紀之則必得罪於識者能無懼乎西都搢紳之淵藪賢而有文者肩隨踵接諸君不往從之顧惟不肖之求能無愧乎願置我而更請於他衆皆曰子出公之門最久其居洛又久然則記茲堂也子於何避之夫登嵩華者固不能盡其高廣游滄海者固不能窮其幽深苟身之所至目之所睹皆可得而言矣某既不得辭乃曰某嘗君於洛也十有三年日聞士民之譽於公者如出一口敢問公之前後治洛其規爲施置如何而得民心如是詳條以告我得藉之

以書衆皆曰公之爲政其大者汪洋博暢若化工之神膏雨之仁固非吾人之所測也其細者樵夫牧兒皆能道之又不足以盡公之美也姑以吾之所及者言之其簡而有節安而不擾乎抑又聞之昔黄霸爲潁川太守治爲天下第一及作相時人不謂之賢謝安爲吴興太守在官無當時譽及作宰相名振異域彼皆才有所不贍故用有所不周能兼之者其在公乎某曰諸君知其一未知其二某常學於史氏觀自古爲人臣者或得於君而失於民或得於民而失於君君非不悦也如民疾之何民非不愛也如君惡之何若是者殆不可勝筭也至於事君以忠養民以仁惻然至誠積於胷中夙夜不倦悠久不渝晦之而

益光隱之而益彰逃寵而寵不我捨避名而名常我隨若玉之在山珠之在淵擊鍾鼓於宮種草木於土達于上下而不可掩者弥百千年無幾人而已矣詩曰樂只君子天子命之言得乎上也愷悌君子民之父母言得乎下也書曰臣爲上爲德爲下爲民言其上下得也上下得者其惟稷卨皐陶乎佐禹以阜安斯民君顛之如股肱民依之如父母功盛乎一時名高乎百世公之德其近是乎不然何天子之寵光便蕃而不厭下民之悦服悠久而不忘若此其備乎衆皆曰然某曰然則請書以爲之記

# 增廣司馬溫公全集卷一百

## 雜著

### 四言銘

迂叟爲四言銘見者易之曰老生常談耳故有系述孔子稱才難夫才者所受於天非人之所能也故推十合一曰士千人曰俊万人曰傑出於其類拔於其萃此所以難也聞言易悟曰聰睹事易辨曰明敢爲不懼曰勇強力不屈曰健有是四者士之則美矣然未足恃也自古恃才而不勤德行以殺身亡家亡國者踵相及也彼皆天之所與非己之所爲又奚足以驕人哉君子則不然有其才必思美其行以成之盡心

於人曰忠不欺於己曰信善父母曰孝善兄弟曰友夫孝友百行之先而後於忠信者何也苟孝友而不忠信則非孝友矣能是四者行則茂矣未及於德也正直爲正正曲爲直適宜爲中交泰爲和正直非中和不行中和非正直不立若寒暑之相濟陰陽之相成也夫察目睫者不能見百步瞻百步者亦不能見目睫均是德也執其近小而遺其遠大守其卑淺而忘其高深猶不免爲小人焉故君子好學不厭自強不息推之使遠廓之使大從之使高浚之使深發于心形于身格于家施于國格于上下被于四表雖堯舜周孔莫不本於是矣嗚呼捨是而去道者皆不足學也

## 解禪偈六首

文中子以佛爲西方之聖人信如文中子之言則佛之心可知矣今之言禪者一如隱悟以相迷大言以相勝使學者悵然益入於迷妄故予廣文中子之言而解之作解禪偈六首若其果然則雖中國行矣何必西方若其不然則余非所願學也

忿怒如烈火利欲如銛鋒終朝長戚戚是名阿鼻獄

顏回安陋巷孟軻養浩然富貴如浮雲是名極樂國

孝悌通神明忠信行蠻貊積善來百祥是名作因果

仁人之安宅義人之正路行之誠且久是名光明藏

言爲百世師行爲天下法久之不可揜是名不壞身

道義隆一身功德被萬物爲賢爲大聖是名菩薩佛

訓儉文

吾本寒家世以清白相承吾性不喜華靡自爲乳兒長者加以金銀華美之服輒羞赧棄去之二十忝科名聞喜宴獨不戴花同年曰君賜不可違也乃簪一花平生衣取蔽寒食取充腹亦不敢服垢弊以矯俗干名但順吾性而已衆人皆以奢靡爲榮吾心獨以素儉爲美人皆嗤吾固陋吾不以爲病應之曰孔子稱與其不遜也寧固又曰以約失之者鮮矣又曰士志於道而恥惡衣惡食者未足與議也古人以儉爲美德今人以儉相詬病嘻異哉近世風俗尤爲侈靡走卒類士服農夫躡絲屨吾記天聖中先公爲群牧判官客至未嘗不置酒或三行五行不過七行

酒沽於市果止於梨栗棗柹肴止於脯臘菜蔬器用甆漆當時士大夫家皆然人不相非也會數而礼勤物薄而情厚近日士大夫家酒非内法果肴非遠方珍異食非多品器皿非滿案不敢會賓友常數日營聚然後敢發書苟或不然人爭非之以爲鄙吝故不隨俗靡者鮮矣嗟乎風俗頹弊如是居位者雖不能禁忍助之乎又聞昔李文靖公爲相治居第於封丘門内廳事前僅容旋馬或言其太隘公笑曰居第當傳子孫此爲宰相廳事誠隘爲太祝奉禮廳事已寬矣參政魯公爲諫官真宗遣使急召之得於酒家既入問其所來以實對上曰卿爲清望官奈何飲於酒肆對曰臣家貧客至無器皿果肴故就酒家觴

上以其無隱益重之張文節爲相自奉養如河陽掌書記時所親或規之曰公今受俸不少而自奉若此公雖自信清約外人頗有公孫布被之譏公宜少從衆公歎曰吾今日之俸雖舉家錦衣玉食何患不能顧人之常情由儉入奢易由奢入儉難吾今日之俸豈能常有身豈能常存一旦異於今日家人習奢已久不能頓儉必致失所豈若吾居位去位身存身亡如一日乎嗚呼大賢之深謀遠慮豈庸人所及哉御孫曰儉德之共也侈惡之大也共同也言有德者皆由儉來也夫儉則寡欲君子寡欲則不役於物可以直道而行小人寡欲則能謹身節用遠罪豐家故曰儉德之共也侈則多欲君子多欲則貪慕富貴枉道

速禍小人多欲則多求妄用敗家喪身是以居官必賄居鄉必盜故曰儉惡之大也昔正考父饘粥以餬口孟僖子知其後必有達人季文子相三君妾不衣帛馬不食粟君子以為忠管仲鏤簋朱紘山節藻梲孔子鄙其小器公叔文子享衞靈公史鰌知其必禍及戍果以富得罪出亡何曾日食萬錢至孫以驕溢傾家石崇以奢靡誇人卒以此死東市近世寇萊公豪侈冠一時然以功業盛大人莫之非子孫習其家風今多窮困其餘以儉立名以侈自敗者多矣不可徧數聊舉數人以訓汝汝非徒身當服行當以訓汝子孫使知前輩之風俗云

書諫議錄碑陰

某自始學未冠聞諫議大夫當真宗臨御之初求治方急公稽古以鑒今日享張月宥約以贊成咸平盛隆之治私心慕仰思見其爲人熙寧中始識公之曾孫偃師尉衍因就求觀公之遺文殆十余年衍爲武勝軍節度推官知沈丘縣事以公文集及公墓誌相示且命某爲神道碑其墓銘乃參知政事范公所爲也范公大賢其言固無所苟今其銘曰嗚呼田公天下之正人也雖復使它人竭其仰慕之心頌公之表德千万言能有過於此乎其於范公無能爲役范公恨不見田公則田公果何如人哉某不惟愚陋不學且不爲人作碑銘已久不敢承命然常病世人論譔其祖禰之德業壙中之銘道旁之碑必使二人爲之彼其德

業一也銘與碑奚以異曷若刻大賢之言既納諸壙又植於道其爲取信於來久豈不無疑顧審思之說或可從請附刻於碑陰之末

## 書孫之翰唐史記後

孫公昔著此書其自重惜常別緘藁於笥必盥手然後啟之謂家人曰吾有水火兵刃之急他貨財盡弃此笥不可失也每公私少閒則增損改易未嘗去手其在江東爲轉運使出行部亦以自隨過亭傳休止輒取脩之會廬州有急變乘驛遽往不暇挈以俱既行於後金陵大火延及轉運二廨宇公子察親負其笥避於沼中島二公在宣州聞之亟還入門問曰唐書在乎察對曰存乃悅餘無所問自此十年至于白首

乃成亦未嘗以示人文潞公嘗從公借之公不與但錄姚崇宋璟論以遺之須他人固不得見也元豐元年余自陽翟來洛陽以其書授其昌伯父平生之志萃於是書朝廷先嘗取之禁中不出今没二十餘年家道益衰大懼是書散逸不傳於人故錄以授子某昔聞公有是書固願見而未之得侍之竊喜吕子之貺我兼金不如顧無以爲報請一之而藏之遇同好則傳之異日或廣布於天下使公之志業焜煌於千古庶幾亦是以少報乎

## 書孫之翰墓誌後

明道中公在華州某始以太廟齋郎得謁見皇祐中幸與公同在館閣公於某爲前輩而某服公才仰公

德不敢以同舍期也然粗能孰公之為人元豐二年
十一月公弟子崇信令蔡示某以歐陽公所譔公墓
誌某讀之凡然如復見公侍坐公旁也昔蔡伯喈嘗
言吾為碑銘多矣皆有慙德獨郭有道無愧色耳觀
歐陽公此文其言公自初仕以孝友清德為時所重
在諫院言宮禁事切直無所避在陝不飾廚傳凡當
公官論不私其所愛淡然寡所好外柔而勁喜言唐
事學者終歲讀史不如一日聞公論此皆某親所睹
聞當時士大夫所可銜可謂實錄而無愧矣公名高
於世歐陽公以文名天下固不待某言然後人信之
然歲月益久識公者益寡切懼後之人見歐陽公之
文以為如世俗之銘誌但飾虛美以取悅其子孫耳

故冒進越之罪嗣書其末賢猶捧土以培太山掬水以沃大河彼豈賴此以爲高深哉蓋志在有以益之不自知非其任也

## 讀張中丞傳

天授之謂才從而成之之謂義發而著之事業之謂功精敏辯博拳捷趫勇非才也驅市井數千之衆摧胡虜百萬之師戰則不可勝守則不可拔斯可謂之才矣死黨友存孤兒非義也明君臣之大分識天下之大義守死而不變斯可謂之義矣攻城拔邑之衆斬首捕虜之多非功也控扼天下之咽喉蔽全天下太半使其國家定於已傾存於既亡斯可謂之功矣嗚呼以巡之才如是義如是功如是而猶不免於流

俗之毀況其曖曖者耶

## 記歷年圖後

某頃歲讀史患其文繁事廣不能得其綱要又諸國分列歲時先後參差不齊乃止采共和以來訖五代略記國家興衰大迹集爲五圖每圖爲五重每重爲六十行每行記一年之事其年取一國爲主而以朱書它國元年綴於其下盡欵稽其元年以推二三四以則從可知矣凡一千八百年命曰歷年圖其書雜乱無法聊以私便於討論不敢廣布於他人也不意趙君乃摹刻于板傳之蜀人梁山令孟君得其一通以相示始某率意爲此書苟天下非一統則漫以天國主其年固不能辨其正閏而趙君乃易其名曰帝

紀非芸志也趙君頗有所增損仍變其卷例又傳寫多誤脫今此淺陋之書既不可掩因刊正使復其舊而歸之

## 題絳州鼓堆祠

鼓堆在州治所西北二十五里按絳迹守居記作古州之圖志作鼓堆者人馬踐之逢逢然鼓狀蓋水源充滿石下而然云絳述之文其必有據然今以耳目驗之則圖志亦未可全廢也堆之西山自馬首其東長陵纚屬相倚以爲晉之九原其北水澤掌別名清泉堆周圍四里高三丈穹隆而圓狀如覆釜水源數十竅之衆沸騰發湧于其南容爲深淵中多魚鱉鰕蠏鮮水極清纍可鑑毛髮盛寒不冰大旱不耗霪雨不

溢其南纚爲三渠一截髙地入州城周吏民園沼之用工散布田間灌溉万餘頃所餘皆歸於汾田之所生和麻稌稻肥茂香甘異他水所溉堆上有社祠盖以水陰類也亦有神爲婦人像而祠中石刻乃妄以堯后及舜之二妃噫是水也有清明之性温恭之德常一之操潤澤之功雖古聖賢無以加其廟食於民也固宜何必假堯之后舜妃然後可祀也嘉祐元年九月壬寅通判并州事司馬某以事至絳從其州之諸官比部員外郎薛長孺元卿國子博士劉常守道尹仲舒漢臣判官陳太初寓之同遊祠下愛其氣象之美登臨之樂而又功德及人若此其盛愍流俗之訛不可以莫之正也於是題云

# 增廣司馬溫公全集卷一百一

疑孟

史剡

## 疑孟

伯夷隘柳下惠不恭

疑曰孟子稱所願學者孔子然則君子之行孰先於孔子孔子歷聘七十餘國皆以道不合而去豈非非其君不事乎孺悲欲見孔子孔子辭以疾豈非非其友不友乎陽貨爲政於魯孔子不肯仕豈非不立於惡人之朝乎爲定哀之臣豈非不羞污君乎爲委吏爲乘田豈非不卑小官乎舉世莫之知不怨天不尤

人豈非遺佚而不怨乎飲水曲肱樂在其中豈非阨窮而不憫乎居鄉黨恂恂似不能言豈非油油與之偕而不自失乎是故君子邦有道則見邦無道則隱事其大夫之賢者友其士之仁者非隘也和而不同遯世無悶非不恭也苟無失其中雖孔子由之何去君子不由乎

## 陳仲子避兄離母

難曰仲子以兄之祿蓋謂不以其道事君而得之也以兄之室為不義之室蓋謂不以其道取於人而成之也仲子蓋嘗諫其兄矣而兄不用也仲子之志以為吾既知其不義矣然且食而居之是口非之而身子之也故避之居於於陵於陵之室與粟身織屨妻

辟纑而得之也非不義也豈當更問其築爲夫種者誰耶以所食之鶃兄所受之饋也故哇之豈以母則不食以妻則食之耶君子之責人當探其情仲子之避兄離母豈所願耶若仲子者誠非中行亦猶者有所不爲也孟子過之何其甚歟

孟子將朝王

疑曰孔子聖人也定哀庸君也然定哀召孔子孔子不俟駕而行過位色勃如也足躩如也過虛位且不敢不恭況召之有不往而它適乎孟子學孔子者也其道豈異乎夫君臣之義人之大倫也孟子之德孰與周公其齒之長孰與周公之於成王成王幼周公輔之以朝諸侯及長而歸政北面稽首畏事之與事

文武無異也豈得云彼有爵我有德齒可慢彼哉

孟子謂蚳鼃無官守無言責

疑曰孟子居齊齊王師之夫師者導人以善而救其惡者也豈得謂之無官守無言責乎若謂之爲貧而仕耶則後車數十乘從者數百人仰食於齊非抱關擊柝之比也詩曰彼君子兮不素餐兮夫賢者所爲百世之法也余懼後之人挾其有以驕其君無所事而貪祿位者皆援孟子以自況故不得不疑

沈同問伐燕

疑曰孟子知燕之可伐而必待能仁政乃可伐之齊無仁政伐燕非其任也使齊之君臣不謀於孟子孟子勿預知可也沈同既以孟子之言勸王伐燕孟子

之言尚有懷而未盡者安得不告王而止之乎夫軍旅大事也民之死生國之存亡皆繫焉苟動而不得其宜則民殘而國危仁者可忍坐視其終亡乎

父子之間不責善

疑曰經云當不義則子不可以不爭於父傳云愛子教之以義方孟子云父子之間不責善是不諫不教也而可乎

性猶湍水也

疑曰告子云性之無分於善不善猶水之無分於東西此告子之言失也水之無分於東西謂地平也使其東高而西下西高而東下豈決導所能到哉性之無分於善不善謂中人也瞽瞍生舜舜生商均豈陶

深所能變乎孟子大人無有不善此孟子之言失也丹朱商均自幼及長所目見者堯舜也不能移其惡豈人之性無不善乎

生之謂性

疑曰孟子曰白羽之白猶白雪之白白雪之白猶白玉之白告子當應之云色則同矣性則殊矣羽性輕雪性弱玉性堅而告子亦皆然之此所以来犬牛人之難也孟子亦可謂以辯勝之矣

齊宣王問卿

疑曰礼去君不與同姓同車與異姓同車嫌其偪也爲已者無貴戚異姓皆人臣也人臣之義諫於君而不聽去之可也死之可也若之何其以貴戚之故

敢易位而處也孟子之言過矣君有大過無若紂紂之卿士莫若王子比干箕子微子親且貴也微子去之箕子爲之奴比干諫而死孔子曰商有三仁焉夫以紂之過大而王子之賢猶且不肯易位也況過不及紂而賢不及三子者乎必也使後世有貴戚之臣諫其君而不聽遂廢而代之曰吾用孟子之言也非篡也義也其可乎或曰孟子之志欲以懼齊王也是又不然齊王若聞孟子之言而懼則將愈忌惡其貴戚聞諫而誅之貴戚聞孟子之言又將起而踰之則孟子之言不足以格驕君之非而適足以爲篡亂之資其可乎

所就三所去三

疑曰君子之仕行其道也非爲禮貌與飲食也昔伊

尹去湯就桀桀豈能迎之以礼哉孔子恓恓遑遑周遊天下佛肸召欲往公山弗擾召欲往彼豈爲禮皃與飲食哉急於行道也今孟子之言曰雖未行其言也迎之有禮則就之禮貌衰則去之是爲禮貌而往也又曰朝不食夕不食君曰吾大者不能行其道又不能從其言也使飢餓於我土地吾恥之周之亦可受也是爲飲食而仕也必如是是不免於鬻先王之道以售其身也古之君子之仕者殆不如此

堯舜性之湯武身之五霸假之

疑曰所謂性之者天與之也身之者親行之也假之者外有之而内實亡也堯舜湯武之於仁義也皆性得而身行之也五霸則強焉而已矣仁義者所以治

國家而服諸侯也皇帝王霸皆用之顧其所以殊者大小高下遠近多寡之間耳假者文具而實不從之謂也文具而實不從其國家且不可保況能霸乎雖久假而不歸猶非其有也

瞽瞍殺人

疑曰書稱舜之德曰父頑母嚚象傲克諧以孝烝烝乂不格姦所貴於舜者為其能以孝和諧其親使之進進以善自治而不至惡也如是則舜為子瞽瞍必不殺人矣若不能止其未然使至於殺人執於有司乃棄天下竊之以逃狂夫且猶不能而謂舜為之乎是特委巷之言也殆非孟子之言也且瞽瞍既執於皋陶矣舜惡得而竊之雖負而逃於海濱皋陶猶可

執也若曰臯陶外雖執之以正其法而內實縱之以與舜是君臣相與為僞以欺天下也惡得為舜與臯陶哉又舜既為天子矣天下之人戴之如父母雖敝遵海濱而處民豈聽之哉是臯陶之執瞽瞍得法而忘舜也所忘益多矣故曰是特委巷之言殆非孟子之言也

## 史剡

愚嘗觀前世之史有存之不如其亡者故作史剡其細瑣繁蕪固不可悉數此言其卓卓為士大夫所信者云

### 虞舜完廩浚井

堯以二女妻舜百官牛羊事舜於畎畝之中瞽瞍與象猶欲殺之使舜塗廩而縱火舜以兩笠自扞

而下又使舜穿井而實以土舜為匿空出它人井

剡曰頑嚚之人不入德義則有矣其好利而畏害則與衆不殊也或者舜為堯知而瞽瞍欲殺之則可矣堯已知之四岳舉之妻以二女養以百官方且試以百揆而禪天下焉則瞽瞍豈得不利其子之為天子而尚欲殺之乎雖欲殺之亦不可得已藉使得而殺之瞽瞍與象將隨踵而誅雖甚愚人必不為也此特閭父里嫗言之而孟子信之過矣後世又承以為實豈不過甚矣哉

舜葬九疑

舜南巡狩崩于蒼梧之野葬於江南九疑是為零陵

剡曰昔舜命禹曰朕耄期倦于勤汝惟不怠總朕師

是以天子爲勤故老而使禹攝也夫天子之職莫勤於巡狩而舜猶親之卒死於外而葬焉惡用使禹攝哉是必不然或曰虞書稱舜陟方乃死孔安國以爲升道南方巡狩而死禮記亦稱舜葬於蒼梧之野皆如太史公之言子獨以爲不然何如曰傳記之言固不可據以爲實藉使有之又安知無中國之蒼梧而必在江南耶虞書陟方去者言舜在帝位治天下五十載升於至道然後死耳非謂巡狩爲陟方也嗚呼遂使後世愚悖之人或疑舜禹爲非聖人豈非孔安國與太史公之過也歟

夏禹

禹以天下授益辟啓於箕山之陽禹子啓賢天下

皆去益而歸啓啓遂即天子位

剡曰父之位傳於子自生民以来如是矣堯以朱不肖故授舜舜以均不肖故授禹禹亡啓果賢足以任天下而禹授益使天下自擇啓而歸焉是飾偽也益知啓之賢得天下心己不足以間而受天下於禹是竊位也禹以天下授益啓違父之命而爲天子是不孝也惡有飾僞竊位不孝而謂聖賢哉此其爲傳者之過明矣

夏桀

桀走鳴條遂放而死桀謂人曰吾悔不遂殺湯於夏臺使至此

剡曰是言也存爲後世之懲勸其可乎

## 周文王

崇侯譖西伯於紂曰西伯積善累德諸侯皆嚮之將不利於帝紂乃囚西伯於羑里西伯既出乃獻洛西之地以請紂去炮烙之刑紂許之

劉曰紂疑文王之得民故囚之既釋而又獻地以立其虐刑是正信崇侯虎之譖於紂也豈所謂遵養時晦以蒙大難者哉且紂惟不勝其淫虐之心故為炮烙之刑若能自止而不為則不待受西伯之地苟一不能自止雖受地於西伯而爲之如故誰能禁之哉

## 由余

戎王使由余於秦秦穆公問曰中國以詩書礼樂法度為政然尚時乱今戎狄无此何以為治由余

笑曰此中國所以乱也夫自上聖作為礼樂法度僅以小治及其後世阻法度之威以督責於下下罷極則以仁義怨望於上上下交怨而相篡弒夫戎狄不然上含淳德以禦其下下懷忠信以事其上此真聖人之治也穆公以為賢乃離間戎之君臣卒得由余而用之遂霸西戎

剡曰所謂貴有賢者為其能治人國家也治人國家舍詩書礼樂法度無由也今由余曰是六者中國之所以乱也不如我戎狄無此六者之為善如此而穆公以為賢而用之則雖亡國無難矣若之何其能霸哉是特老莊之徒設為此言以詆先王之法太史遂以為實而載之過矣

晏嬰毀孔子

齊景公欲以尼谿田封孔子晏嬰進曰夫儒者滑稽而不可軌法倨傲自順不可以為下遊說乞貸不可以為國

剡曰晏嬰忠信以有禮愛君而樂善於晉悅叔向於鄭悅子皮於吳悅季札豈以孔子獨不知而毀乎

子西毀孔子

楚昭王將以書社地七百里封孔子令尹子西曰文武百里之君卒王天下今孔丘得據土壤賢弟子為佐非楚之福也乃止

剡曰子西楚之賢令尹也楚國賴之亡而復存危而復安其志猶晏嬰也其言豈容鄙淺之如是哉

## 季布

季布聞曹丘生招權顧金錢與竇長君書使絶之曹丘聞之徃見布揖曰使僕遊揚足下名於天下顧不美乎何拒僕深也布大悅留數月爲上客厚遣之

剡曰曹丘與長君善而布與書使絶之是以曹丘爲小人也及曹丘見以毀譽動己而己善之是養小人以自利也夫以毀譽動人及養小人以自利皆姦人之道也果知是則亦烏得爲賢大夫

## 蕭何營未央宮

蕭何作未央宮高祖見宮闕壯甚怒何曰天下方未定故可因遂就宮室且天下以四海爲一家非

壯麗無以重威且無令後世有以加也高祖乃悅
剡曰是必非蕭何之言審或有之何惡得爲賢相哉
天下方未定爲之上者揃循煦嫗之不暇又安可重
爲煩費以壯宮室哉古之王者明其德刑而天下服
未聞宮室可以重威也創業垂統之君致其恭儉以
訓子孫子孫猶淫靡而不可禁况示之以驕侈乎孝
武卒以宮室靡弊天下惡在其無以加也且皆庸人
之所及而謂何固肯爲此言乎

# 增廣司馬温公全集卷一百二

## 迂叟日録

### 迂書序　亦公庸書

余生六齡而父兄教之書雖誦之不能知其義又七年始得稍聞聖人之道朝誦之夕思之至乎今二十有七年矣雖其性之昏愚備而不能進然勤亦至矣時有所獲書以示人人之論高者則曰子之書庸而無奇衆人所同知也論卑者則曰子之書迂而難用於世無益也噫我窮我之心以求古之道力之所及者則取之庸與迂惟人之所名也我安得知之故命其書曰庸書亦曰迂書云

## 釋迂

或謂迂夫曰子之言大迂於世無益也迂夫曰子知迂之無益而不知其爲益且大矣子知不迂之有益而不知其爲損亦大也子不見夫樹木者乎樹之一年而伐之則足以給薪蘇而已三年而伐之則足以爲桷五年而伐之則足以爲楹十年而伐之則足以爲棟夫豈非取功愈遠而爲利益大乎古之人惟其道閎大而不能狹也其志邃奥而不能迩也其言崇高而不能庳也是以所適齟齬而或窮爲布衣貧賤困苦以終其身然其遺風餘烈數百千年而人猶以爲法鄉使其人狹道以求容迩志以取合庳言以趨功雖當時貴爲卿相利止於其躬榮盡於其生惡有

餘僅以及後世哉如余者患不能迂而已迂何病哉

## 辨庸

或謂迂夫曰子之言甚庸衆人所及也惡足貴哉迂夫曰然余斈先王之道勤且久矣惟其性之昏也苦心勞神而不知猶未免夫庸也雖然古之天地有以異於今乎古之日月有以異於今乎古之万物有以異於今乎古之情性有以異於今乎天地不易也日月無變也万物自若也情性如古也道何爲而獨變乎子之於道也將愈厭而好新譬夫之楚者不之南而之北之齊者不之東而之西信可謂殊於衆人矣得無所適矣無所求愈勤而愈遠耶嗚呼孝慈仁義忠信礼樂自生民以來談之至今矣安得不庸哉如

余者懼不能庸矣庸何病哉

## 士則

或曰爲士何如斯矣曰士者事天以順交人以謹謹司其分不敢失隕而已矣或曰爲士者亦事天乎曰是何言乎天者万物之父也父之命子不敢逆君之言臣不敢違父曰前子不敢不前父曰止子不敢不止臣之於君亦然故違君之言臣不順也逆父之命子不孝也不順不孝者人得而刑之順且孝者人得而賞之違天之命者人得而刑之順天之命者人得而賞之命曰天使汝窮而汝強通之天使汝愚而汝強智之若是者必得天刑或曰何謂天刑曰人之刑賞刑賞其身天之刑賞刑賞其神故天之所賞者其神

問靜而逸樂以考終其命天之所刑者其神勞苦憂愁固以夭折其生彼雖傴僂然而白首猶或負之神桎梏而處諸石下雖愈千歲一息足稱壽哉或曰夫士者當羡國家利百姓功施當時澤及後世豈獨齪齪然謹司其分不敢失隕而已乎曰非謂其然也智愚勇怯貴賤貧富天之分也君明臣忠父慈子孝人之分也僭天之分必有天災失人之分必有人殃堯舜禹湯文武其勤勞天下周公輔相致太平孔子以詩書禮樂教洙泗顏淵簞食瓢飲安於陋巷雖德業異守出處異趣如此其遠也何嘗捨其分而妄哉

言戒

迂叟曰言不可不重也子不見鍾鼓乎夫鍾鼓叩之

然後鳴鏗訇鏜鎝人不以爲異也若不叩自鳴人孰不謂之妖邪可以言而不言猶叩之而不鳴也亦爲廢鍾鼓矣

## 齲齒

迂夫病齲齒呻吟之聲達於四鄰通夕不寐有道士過之問之知病之所来乎曰不知也道士曰病来於天天且取子之齒以食食骨之蚛而子拒之是違天也夫天者子之所受命也若之何拒之其必與之迂叟曰諾於是以齒與蚛惛然而寐一夕而愈

## 蠆祝

迂夫夜立於庭拊樹而蠆螫其手呼吟痛徹於心家人呼祝師使祝之祝師曰子姑勿以蠆爲慘烈以爲

丸雖亦藐之曰是惡能苦我哉則痛已矣從之必選而痛息迺問祝師曰尒何術而能攘蠆之毒如是其速也祝師曰蠆不汝毒也汝自召之余不汝攘也汝自攘之矣召與攘皆非我術之所能及也子自為之也於是迂夫歎曰嘻利害憂樂之毒人也豈直蠆尾而已哉人自召之人自攘之亦若是而已矣

## 飯車

天雨迂夫出見飯車息於高蹊者揖謂其徒曰是車也將覆不行矣行未十步聞譆聲顧見其車已覆其徒問曰子何用知之迂夫曰吾以人事知之夫天雨道濘而蹊獨不濡又狹而高是眾人之所趣也而車不量其力固狹擅高久留不去以妨眾人之欲蹊者

其能無覆乎禍有鉅於此者奚飯章之足去

拾樵

迂夫見童子拾樵於道約曰見樵先呼者得之後毋得爭也皆曰諾既而行相與笑語戲狎至驩也倏然見横芥於道其一先呼衆莫敢爭之遂相捷擊有傷者迂夫惕然亟歸而歎曰噫天下之利大於横芥者多矣吾不知戒而日與人遊恃其驩而信其約一旦有先呼而鬬者能無傷乎

知非

或曰蘧伯玉五十而知四十九年非信乎何啻其然也古之君子有好學者有垂死而知其未死之前所爲非者况五十乎夫道如山也愈升而愈高如路也

愈行而愈遠學者亦盡其力而止耳自非聖人有能
窮其高遠者哉

## 天人

迂叟曰夫力之所不及者人也故有耕耘斂藏人力
之所不及者天也故有水旱螟蝗

## 無怪

迂叟曰有茲事必有茲理必無茲事世人之怪怪所
希見由明者視之天下無可怪事

## 理性

易曰窮理盡性以至於命世之高論者競為幽僻之
語以欺人使人跂懸而不可及憒瞀而不能知則畫
而捨之其實奚遠哉是不是理也才不才性也遇不

遇命也

事親

迂叟曰事親無以踰人能不欺而已矣其事君亦然

事神

或曰迂叟事神乎曰事神或曰何神之事曰事其心或曰其事之何如曰至簡矣不黍稷不犧牲惟不欺之爲用君子上戴天下履地中函心雖欲欺之其可得乎

寬猛

迂叟曰寬而疾惡嚴而原情政之善者也

回心

或問子能無心乎迂叟曰不能若夫回心則庶幾矣何

謂回心曰去惡而從善捨非而從是人或知之而不能徙以爲如制駻馬如斡磐石之難也靜而思之在我而已如轉戶樞何難

無益

迂叟曰言而無益不若勿言爲而無益不若勿爲余久知之病未能行也

學要

迂叟曰學者所以求治心也學雖多而心不治安以學爲

治心

迂叟曰小人治迹君子治心

文害

或問迂叟子於道則得其一二矣惜乎無文以發之迂叟曰然君子有文以明道小人有文以發身夫變白以爲黑轉南以爲北非小人有文者孰能之

道大

迂叟曰聖人之道如天地天地之間靡所不有衆人之道如山川如陵谷如鳥獸如草木如蚤蟻各盡其分不知其外則無不包也無不徧也

毋我

孔子曰殷有三仁焉蓋孔子之前爲比干者則非微子矣爲微子者則非比干矣爲箕子者則非比干與微子矣云孔子然後有能知三子者皆仁人也孔子曰微管仲吾其被髮左衽矣如其仁如其仁孟荀氏之

言曰仲尼之門五尺童子羞稱五伯以是觀之孟荀
氏之道槩緒餘耳

道同

迂叟曰合天下而君之之謂王王者必立三公三公
分天下而治之曰二伯一公處乎内皆王官也周衰
二伯之職廢齊桓晉文糾合諸侯以尊天子因命之
爲侯伯修舊職也伯之語轉而爲霸霸之名自是興
自孟荀氏而下皆曰由何道而王由何道而霸道豈
有二哉得之有淺深成功有小大耳譬諸水爲畎爲
澮爲谷爲谿爲川爲瀆若所鍾則海也大夫士畎澮
也諸侯谿谷也州牧川也方伯瀆也天子海也小大
雖殊水之性奚以異哉

## 絶四

或問子絶四何以始於毋意迂叟曰吉凶悔吝未有不生於事者也事之生未有不本於意者也意自歆歆既立於此必入於是亟有違從則有喜有樂有憂違則有怒有哀有惡此人之常情也愛寶生貪愛貴生暴惡之大者也是以聖人除其萌塞其原惡玄自而至哉或曰毋意於惡既聞矣敢問聖人亦無意於善乎曰不然聖人之為善豈有意乎其間哉事至而應之以礼義耳礼者履也循礼則事無不行義者宜也守義則事無不得聖人執禮義以待事不為善而善至矣聖人豈有意乎其間哉或曰然則聖人之心其猶死灰乎曰不然聖人之心如宿火耳夫火宿之

則晦養之則光引之則燃鼓之則熾既而再復掩之則晦矣深而不消久而不滅者其宿火乎聖人之心亦然治其心以待物物至而應事至而辨豈若死灰哉死灰則不復燃矣奚所用哉或曰毋固毋必奚以異哉曰在我為固在人為必聖人出處語默惟義所在无可無不可奚其固成敗禍福繫命所運誰得而知之奚其必或曰然則何以終於毋我曰有意有必有固則有我有我則私私實生蔽是故太山觸額而不見雷霆破柱而不聞無意無必無固則無我無我則公公實生明是故秋毫過目無不見也飛蚉歷耳无不聞也其得失豈不遠哉

## 求用

或曰士不好富貴則爲上者不得其用刑賞不行矣

迂叟曰小人有才必求用於世以利其身不賞不勸不刑不懲君子有才亦求用於世以行其道勸不待賞懲不待刑自古亂臣賊子未有不出於好富貴也爲君子者亦何利焉

## 負恩

迂叟曰受人恩而不忍負者爲子必孝爲臣必忠

## 羨厭

迂叟曰人情苦厭其所有羨其所不可得未得則羨已得則厭厭而求新則爲惡無不至矣

## 釋老

或問釋老有取乎迂叟曰有或曰何取曰釋取其空

老取其无爲自然捨是無取也或曰空則人不爲善無爲則人不可治柰何曰非謂其然也空取其無利欲之心善則死而不朽非空矣無爲取其不枉治則一日万幾有爲矣

## 鑿龍門辨

或問禹鑿龍門闢伊闕有諸迂叟曰龍門伊闕天所爲也禹治之耳非山横其前水壅不流禹始鑿而閒之然後通也或曰何以知之曰孟子云禹之行水行其所無事若鑿山以通水不可謂之無事矣

## 聖窮

聖人專以利人爲心於術無不知也穀而可辟則不教人耒耨矣死而可違則不教人棺槨矣豈非天

使民食且死雖聖人不能違乎

諱有

人之情諱有而不諱無离婁之明人謂之瞽不怍矣伯夷之清人謂之污不怍矣

斥莊

或曰莊子之文人不能爲也迂夫曰君子之學爲道乎爲文乎夫唯文勝而道不至者君子惡諸是猶朽屋而塗丹雘不可處也胥布而冪綺繢不可覆也鳥喙而漬飴糖不可嘗也而子獨嗜之乎或曰莊子之辯雖當世宿儒不能自解迂夫曰然則使人也荒之所畏舜之所憚孔子之所惡是青蠅之變白黑者也而子獨悅之乎

## 辯楊

或曰楊子之諂也爲王莽爲可以繼周公軼阿衡适夫曰得巳哉楊子之爲書也品藻當時蜀莊子李仲元靡不及焉莽宰天下而自況於伊周敢違諸乎何鮑之死蓋不可不畏也雖然莽自況伊周則與之況唐虞則不與也其志將曰爲伊周而止斯可矣而至於篡伊周豈然哉

## 無黨

或曰吾子擯莊而引楊或者爲黨乎曰無黨也使莊爲楊言斯與之矣楊爲莊言斯拒之矣孰黨哉

## 兼容

或曰甚矣子道之隘矣奚容之不兼适夫曰沱潛之

於江也榛楛之於山也兼容焉可也莠之於苗也冰之於火也欲兼得乎哉

## 指過

或曰有人於此而人指其過而告之則書何如迂夫曰君子也或曰曷若無過而指諸迂夫曰君子履中正而行者也故有過則人結而指諸若夫不中不正之人終日所為皆過也又安得而指之

## 難能

或曰堯舜之德何以為難能迂夫曰舜自修於畎畝之中聞之於堯此舜之難也舜在畎畝之中而堯知之此堯之難也

## 三歎

迂夫曰：鞠躬便僻不足爲恭，長號流泣不足爲哀，弊衣糲食不足爲儉。三者以之欺人可矣，感人則未也。君子所以感人者，其推誠乎！欺人者不旋踵，人无不知之；感人者盎矣而人任信之。

## 耳視目食

迂叟曰：世之人不以耳視而目食，實者鮮矣。聞者駭曰：何謂也？迂叟曰：衣冠所以爲容觀也，稱軆斯美矣，世人捨其所稱，聞人所尚而慕之，豈非以耳視者乎？飲食之物所以爲味也，適口斯善矣，世人取餌而刻鏤朱緑以爲盤案之玩，豈非以目食者乎？

## 天人

迂叟曰：天之所不能爲而人能之者，人也；人之所不

能爲而天能之者天也稼穡人也豐歉天也

## 無爲贊

學黃老者以心如死灰形如槁木爲無爲迂叟以爲不然作無爲贊治心以正保躬以静進退有義得失有命守道在己成功則天夫復何爲莫非自然

增廣司馬温公全集卷第一百二

# 增廣司馬温公全集卷一百三

## 日録

熙寧二年八月乙未詔成德軍等二十三處知州令
後更不推恩太原府等九處任滿取旨先是初除
如此諸州者皆先遷一官議者以爲濫故改之
丙申王世京壯廷來自興元覲孫説尚蜀國長公主
官官楊若拙增孝恭泓有隱匿詔杖之十三送前
省
戊戌上宴編實録官及兩府雜學士以上於垂拱殿
丙午范純仁罷知諫院依舊脩注
庚子元齊勸入見改京官齊知相州是日傳下卒

庚戌詔自今罪人應配沙門島者止配嶺南福建州軍范堯夫以吏部員外郎直集賢院知河中府堯夫固求責降故也尋除待制改知相州

壬子王樂道改侍讀學士知蔡州樂道以疾自乞故也張茂則奏十四日興功囬二股北流

甲寅車駕幸興國啓聖景靈慈孝神御殿焚香復留李元老糾察刑獄西掖惟有次道子容故也以蘇寀為太常少卿集賢殿脩撰知梓州故事三司副使出皆為待制寀始用乙未詔書故也

丙辰車駕幸奉先寺祥源觀宴從官酒五行

丁巳國子監試君子易事而難説賦觀寶莅群賢詩開封試知人則百僚任職賦獻納雲臺表詩鎖廳

試以一知萬賦帝律登年詩

戊午國子監試聖人能內外無患論開封試敎思無窮論鎻廳試貢無敢折獄論閏二股北流既塞而河自其南四十里許家港東決泛濫大名恩德滄永靜五州軍境

辛酉賜薛向三司副使俸給以著作佐郎王子韶程灝爲太子中允監察御史裏行開封試莭以制度不傷財賦貢賢給宿衛詩

壬戌劉孝叔知江州丁正臣通判復州王師元監安州税陳襄遷吏部郎中兼御史知雜開封試知禮樂之情者能作論

九月甲子朔詔閤門引著作佐郎呂惠卿校理王存

登對皆介甫所善也
乙丑富公自入見壽出受脩撰勑告詔自今三司有
制置司公事聽吴充入商量
丙寅孫彦先知軍州晦叔復舉謝景温及秘書丞侯
叔獻充御史叔獻亦制置條例司中人也
戊辰初開經筵
己巳召晦叔来且赴經筵開寳解鎻廳五十四人張
公益應詔式呂升卿為之首
庚午蔡挺遷右諫議
甲戌向經防禦使知陳州
丙子宗旦除撿挍右散騎常侍崇信軍節度使
丁丑李肅之提舉在京諸司韓秉國權知開封府肅

之心肺疾悴劇務故國子監解一百五十人宇文裒胡蕢劉逖爲之首明經九人康爲之首

巳丑開封府解進士三百一十五人晁禀于昪王柄爲之首

辛卯章惠神主出都東駕幸瓊林苑酌獻英宗嗣位之初呂晦叔上言禮妾毋於子祭於孫止章主宜瘞園陵廢奉慈廟詔侯亮陰畢議之巳而不行今上即位楊元素復言之至是乃行

十月甲午朔景仁兼侍讀景仁先爲侍讀學士及還翰林而侍讀至是雖侍讀而不兼學士焉呂惠卿遷太子中允崇政殿説書

乙丑杭州匠師楊琰脩開寶寺感慈塔成除殿侍於

泗州僧伽塔施利錢內賜之千緡

丁酉相王允弼啓蕢上以允弼親賢莫二車駕特幸

宮奠

己亥延和殿登對脩撰直言史院無國史乞降一通

并仁宗英宗實録付院收掌又乞與宋敏求脩大

宋百官公卿表二劄子在傳家集

庚子上言宋昌言首建議開二股河宜先復舊官

與重役之人等第加賞劄子在傳家集

富公辭洛請亳

辛丑貼麻從判亳州郭申錫遷左諫議詔書以二股

斷北流擬獎諭仍賜帶馬宋昌言舊官程昉除御帶

减二年磨勘

壬寅聞孫長卿卒
甲辰法官御史臺坐前定奪歸善縣延年捕賊獎不
當取勘李肅之知定州文公復上言國家舊例宰
相壓親王使相或遇大朝會自在陳外之上難以立
班上乃聽在外之下
巳酉王介與劉攽各贖銅八斤坐試開封舉人爭御
名諠譁介以惡詞詈劉攽故也
詔東京支錢二十萬緡赴河北糴穀
庚戌呂惠卿初講書特賜緋南郊東壝門内地忽陷
有古墓詔遷於它所
乙卯臺官攻王介劉攽不已罷介鼓院攽禮院賜叔
之大拜禹玉爲制詞曰閒甲兵則有鎮撫四夷之

略問衣食則有運理群物之心又曰論金穀之計其歸内史之司作霖雨之滋是應高宗之命賜叔既作相其制置條例事不復肯關預介甫固請之升之曰兹事益歸之三司何必攬取以爲己任也介甫大怒二人於是乎始判三院御史欲上殿者先申中書得劄子乃許上殿

戊午鎖院宗諤復使相

庚申夏國使者罔育訛入見趙志忠以虞部郎中致仕

十一月甲子朔丙寅張芻進兵中集議知越州榮諲秘監集撰知洪州張景憲權户副晦叔舉選人邢恕詔以爲崇文院校書仍詔選舉到可試用人並

令崇文院校書以備朝廷訪問耆使候及二年取
旨或拔擢資任或只與合入差遣陳公欲廢制置
條例司介甫不可乃更以子華代陳公
己巳孫覺蔡延慶脩注
壬申晦叔舉館職王存顧臨充臺官不許又乞召還
范純仁補中都劇職時純仁徙權成都府路轉運
使晦叔又言河中五年易知府十一人来者乞使
終三年遷圜丘下古墓墓有塼銘天寶十三年葬遣傳命之告
天
甲戌趙卨除集賢校理召對稱旨故也
丁丑命沈衡張端提舉在京諸司庫務
戊寅選故員外郎張宗雅之子丕尚祁國長公主更

名敦禮丕舉進士國子監高解
宗室俸錢自治平四年覃以來月支七萬貫其四
季衣生日昏嫁歲時補洗雜賜予不在其數
乙酉同判都水監張鞏奏汴口水見闊七十五尺用
兵夫脩塞次先是朝廷命以十五日閉汴口而汴
水盛大如夏秋時不可閉塞至冬前一二日乃得
百
丙戌宗室令晏等五十一人因垂拱殿起居唐突進
表傳宣放罪且言待與朝廷商量又於殿門分邀
兩府陳狀亦留狀
丁亥詔諸路常平倉粟令轉易錢帛上京后宮宋氏
生皇子

戊子以皇子生差官告天地
己丑德音天下繫囚死罪降從流流罪降從徒徒罪
以下並放
閏月甲午朔
丁酉車駕幸李大長主第問病
庚子天下常平錢穀見在一千四百萬貫石諸路各
置常平廣惠倉相度農田水利官二員以朝官爲之
管句一員以京官爲之小路共置二員開封府一
員凡四十一人
己酉雍歸陜辭而不歸
甲寅史館檢封李常除右正言知諫院
乙卯御批辥向到官所言事令三司具折幾事求行

或詐有詔軍人四十者皆放停印責於市道監察御史張戩繳奏之詔開封府察捕以聞丁巳詔以京師大雪民多凍死者令籍貧民不能自存者日給錢二十

戊午京杞來自洛諸路常平倉嘉祐以前穀盡糶爲錢貯之既而以歲豐難糶乃更令撥爲軍糧明年民田稅輸錢以償之

十二月癸亥朔張安道爲資政殿學士知開封府時安道服將闋當還故官臺官等言其貪邪故也制置司奏乞罷官減廢三司簿帳有旨選罷官

丁卯有旨解鹽司今後每年撥錢十萬貫封樁准備支使

胡宗愈爲史館撿討看詳編排中書文字
戊辰後宮張氏生皇女
庚午劉几除秘書監致仕
辛未有司自今登制科及狀元及第人更不升任及
召試勅令後官員失入死罪一人追官勒停二人除
名三人除名編管胥吏二人千里外編管二人遠惡
州軍編管三人刺配千里外牢城
己卯薛向所部倉場官有不職者乞一面充替奏
乙酉府界提舉常平倉侯叔獻乞於解鹽內支十五
萬貫散府界青苗錢
丙戌詔三京留守司御史臺國子監各添官員以待
卿監之老者諸宮觀不限員數以待知州之老者

自今升朝官致仕歷任有治迹者依外任給六分見錢無治迹者給半聞有詔知審官孫抃老同知已丑受勑庚寅入院

張子瑾曰朝廷使張稹之高遵裕諭种諤又使稹之賜諤金二百兩銀五百兩使招納嵬名山先書與諤約期日相迎

罔盲訛入見

又曰秉常幼母梁氏當國梁氏本拽剌氏之婦也梁乞埋梁逋移梁氏叔兄也盲訛勇健國人附之夏人急於賜予故使盲訛入見秉常及母覩送宥州

剛浪崚死

又曰始元昊分國中兵馬爲左右廂使崚兄弟分統

之唆反誅元昊更分左右廂爲十六監軍各有首領

李宥得罪

劉貢父曰宥知江寧府遭火疑軍士爲變不救遂燔市里寺府庫俱盡令幕職方龜年作表奏言曰不意禍起蕭墻亹生面緑時新有衛士之變朝廷惡其言由是州官得罪皆重以宥老直除分司

王令圖曰契丹今主從眞眉尖頤性懦弱好釋氏其子潸年十四眉目疏明神采秀發容儀詳整視瞻沉雄國人畏慕之

三年三月春牓進士就試者惟處州萘旻一名犯僕王名被黜旻楊楊而出無一言祈請亦無憂色

又進士二人直詆時病無所回忌皆在下甲其一人
開封府范鉞一人不知名子瞻晁端彥呂陶皆云

四月七日聞喜宴

十九日趙悅道以資政殿學士知青州韓子華參知
政事悅道與介甫議事數不合因議罷

又悅道曰晦叔罷中丞之日上諭執政曰　王子韶
言青苗實不便但臣先與此議不敢論列小人首
鼠兩端當黜之介甫德其獨不叛已至今未黜之

# 增廣司馬温公全集卷一百四

日録

晡後御藥以熟狀來授李士繫鞋茶湯復謁乃草制
授待詔書麻并小字本封印明日攢點進入平明
御藥來茶湯鑰過中使召御藥入丞相退麻畢開
門取五色金花羅五色背帋寫告身送中書前日
晚御藥臈燭供養
二十六日衛国下嫁張敦禮
二十七日韓乞徐州養疾不許
五月一日召唐垌赴闕
垌在北京監當上書言青苗不行宜斬大臣異議者

一二人故召之微薄有才辦韓公甚愛之旣去乃聞
其所言
六日蔡延慶王益柔直舍人院七日陳彥升罷御史
臺司攺羌孫和甫八日集賢依舊供職九日差蒲
宗孟孫洙與光同詳定轉對先下崇文院分授館
職看詳具條法利害聞送光所定奪也
十四日李才元蘇子容落知制誥歸班批曰李大臨
蘇頌前令草李定告詞云礙條例乞降特旨又復
繳還先後反覆廢格詔書侮慢朝廷並落職歸班
趣蔡延慶就職使草告詞延慶旣進草而上奏解
之孫和甫再封還卒行下
十五日宮觀添監官

十六日邢恕除試衔知縣
外人皆言介甫欲除新及第進士皆爲校書諫官胡
宗愈聞之上言新進士且宜試以民事然後用之
恕本晦叔門下客介甫悪晦叔因此以恕無考第
罷之
十七日有旨益梓利夔路常平新法令提轉同掌之
沈起言大防並直舍人院
登州買金場
許遵曰金法數十年矣近亦差少官拘買之以十
分作二分悪分千錢歲課數千兩因大抵皆穿掘田
主甚苦之
編中書條例

天聖中晏相始編例爲五百葉後又三次編計二千
策文有九年未編故介甫呂惠卿等刪去復重及
不用者若起請煩文後又使五人各編一房惠卿
都提舉十留其一例百留二李承之云
熙寧三年五月陳襄辞直舍人院兼侍讀
呂惠卿判司農寺
介甫欲令主常平新法故也
十八日罷管勾睦親宅内臣
先是宗室牽動皆門由管勾出入爲所拘制至是張
稺圭條大宗正條貫奏罷之
十九日王益柔等候有知制誥依舊始益柔等自謂
遂典誥命還出三司及有是詔復還故職

二十三日學士院奏廢入閣儀
二十九胡宗愈言張若水不覺察匠人孔用盗禁山
物乞責降進士孫斐坐指斥乘輿抵死皇城使沈
惟恭除名瓊州編管
惟恭德妃之姪也爲四方館使以奏草示閤使李評
語甚激評云兆所上也評奏之詔開封府窮治其
所從來云出於惟恭家斐惟恭客也府詰之斐言
主人爲閤新事故撰此悦主人耳又詰是常所與
惟恭語斐言惟恭云頭辛聞先帝敵閻朝士言上
俗狀上自金□□乘馬還數頭斐爲惟恭言上幹輕
故坐之上曰老育天人不休至於皇子夭折又言
碻石飲食以爲介甫

六月三日三司奏減省牛羊司使乞再相度從之
四日遣王堯臣體量秦州邊事
八日以秦鳳摠管竇舜卿知秦州李師中於永興待
命故也
在京庫務七十二令三司勾當公事與提舉司季點
官分爲四案點檢
先是置提舉季點官以沈衡沈希彦爲之每一季點
檢既而以庫務多
九日閤門奏乞罷入閤儀而文德殿無受朝儀乞下
兩制詳定從之
十一日何郯除右丞致仕承亮襲秦國公從式襲楚
國公

十二日克継表求襲封
十四日有司言自今封大國者更不改封妻皆隨其夫封郡國夫人
先是封六國者遇恩輒改封又夫爲楚國公妻爲齊國夫人至是改之
十八日御批辟向所辟官先時多以礙條不行自今且與懲剗韓維直舍人院兄絳及縝固辞
二十一日縝除集賢殿脩撰薛向除天章閣待制北外權公辟判大理寺
二十七日胡宗愈落職通判眞州令待制以上各舉外朝官二人充諫官
七月三日歐陽公罷宣徽使知蔡州

永叔以老病辭宣徽及河東經略章五六上乃許之
四日判大理寺許遵知壽州蔡冠卿知饒州初命文
臣勾當兩府公事
韓秉國奏泉一朝言爲之杖六十以下之聽决
五日王欽臣賜進士出身唐坰同進士出身承選乞
襲封呂寶臣以觀文殿學士知太原府寶臣素與
子華不叶因宗愈攻子華上疑寶臣使之會并州
闕
馮當世除樞密副使
吴仲卿除翰林學士　六日有旨諸路提舉官速具農
田水利差役利害聞奏
七日有有天下寺觀有神御者無得妄泊官員骨肉

韓縝奏華陰雲臺觀

十一日沈起除集譔權陝西都運韓縝除塩鐵副使崔台符詳定編勅朱温其刪定編勅

十二日董氊加特進封邑

董氊自言乞與自家并妻加官朝廷許之

王克臣李若愚躰量得王韶等所言荒田並無令韶分析古渭寨置市易司不便再令運司躰量

十三日薛向乞於陝西置鑄錢監

十六日謝景温上言兩制所舉諫官乞下御史臺看詳

十七日范育崇文校書

二十一日有旨京東西淮南運司各舉京朝官二員

東西審官院流内銓三班各置主簿
二十五日昭文二參以失點檢龔封上表待罪特放
兩制定克繼宗惠冲蒼龔封不當各罰銅二十斤
禮院克繼世逸龔封不當各降一官陳彥升以去
官當易論特降一官祖無擇降授忠正軍節度副
使無擇赦前貸公用錢二百貫及罷去令以職田
錢還之又以米麵質公用酒又以酒質公用銀棜
當贓罪流皆在赦前後有對制不實杖一百私罪
特旨如是沈衡鞫獄處士俞黙居西湖上以文行
著於鄉曲無擇嘗詣其家與之坐王子韶言黙嘗
犯徒刑案實衡以黙對制不實杖臀二十子韶言
無擇通嘗妓薛希濤衡榜箠備至希濤固執去

無之

二十八日韓縝降天章閣待制知秦州縝自河東運使知審官西院兩月中凡五改著追及進職

秘丞侯叔獻知都水監丞

先是叔獻建議決汴水以淤田無幾而祥府中牟之民大被水患叔獻以為不叶心所致故以叔獻爲都水丞又以同賞淤田者鄭汲爲權發遣都水監丞

三日初置司農寺丞一員提舉常平廣惠倉許日自今依提刑例上殿

四日苗振復洲團練副使

五日復令在京糴陳米

六日王廣廉河北提刑廣廉言河北青苗已有成効

故赏之
七日罷通利軍屬衛州前知衛州周革之請也
九日踈决京城繫囚杖以下釋之
十三日張文裕除户部侍郎致仕文裕字
謝景温言其年老不退以薦公也
兩浙轉運賈昌衡侯瓘提刑李惟賢不覺察祖無擇
苗振各除一官及降差遣
十八日黄懷信自占國貢羊六十口供御厨明州通
判職官坐不覺察苗振各罰銅二十斤與遠小差
遣
二十一日受詔與吕微仲孫巨源李邦直試制科試
舉人於秘閣

二十一日以東上閤門使李評為樞密都承旨

二十四日王廣淵除寶文閣待制知慶州令晏除諸司使遥團許州都監嘉蜀州稽滯提舉常平文字令陸詵取勘李元瑜提舉范純仁轉運謝景初提刑李杲卿運判

二十五日司農奏成都運司吏唆州公人為以稅錢散青苗錢々分析

引試制科先毛丄礼禘郊宗祖之祀如何治道在知鄒正天剛一〻不失說九家皆股肱之材王肅何以不好鄭李六論

二十六日[illegible]批諸軍月糧自今每石實以十斗提舉呂縉叔知華州祖宗以來惟諸班直得十斗下

軍食場繳以下軍有得七斗者以米入倉坏腐故也

二十七日詔薛向兼提舉蔡河運

增廣司馬溫公全集卷百四

# 增廣司馬温公全集卷一百五

十三日曾公除司空檢校太師兼侍中河陽節度使
集禧觀使
曾公久在政府不爲介甫黨所容屢乞致仕故有是
命
李評乞鑄都承旨印從之
崇儀使幷試貢宣撫司准備差遣仍遷五資候御帶
有闕與差
十七日馮當世參知政事吳沖卿樞密副使春陳介
夫卒元發知定州劉庠知成都蔣北外王時權發
遣鹽鐵判官時[illegible]之弟也

十八日曾公以罷相恩長子孝寬除祕閣校理
二十二日有旨都副承旨見樞密副使不禮之上命
史官檢詳故事以久無士人爲之檢不獲故特降
此旨也
又轉對所言有可行者特賜敦獎王陶知永興呂誨
知河南誨勑於禁中
二十四日呂大防充中書檢正官孫洙吏房李清臣
禮房曾布戶房李承之刑房懌之還
二十六日開除端明殿學士知永興軍薛向惡王樂
道故薦光於上以代之樂道獻可差遣並如舊也
馮當世家居待罪詔釋之
先是韓縝自河東還奏麟府豐三州城櫓械器皆不

整餘詔三州官吏皆奪官降差遣當出自以前爲
河東經略安撫使故待罪
學士院試克顒詩易大義共十道
二十八日謝景温言韓公能相後陳乞親戚差遣近
四十八人今又乞妻弟崔公孺再任石唐河元差遣
蘄州
學士試克顒仁則榮論一首
二十九日王存史館檢討內藏支絹一百疋下陝西
趙髙禮房檢正
四日吳中復知成都劉庠知真定府庠以母老辭遠
適故也
五日勅罷永興軍勅告

六日鄭綰充集賢校理孔目房檢正官受宣示與二
路都總管安撫使凡事長施行及傳宣永興軍固
華乾耀商虢解州陜河中慶成軍張此謝景温知
審官東院
曾布除中允集賢校理檢正官判司農寺共授四勑
二告身同三告謝呂陶六
陳彭子彥博知汀州以臟敗彥博子達貧困甚乃與
姊弟謀同發彭年冢取金帶賣分之事覺皆抵罪
蓋陳彭年之餘殃耳
李喬者冀州人明經術善爲詩以德行聞於鄉里官至
縣令卒李邦直云
十一日呂獻可乞西京留臺邊將林廣趙餘慶以功

遷使額七資李德芻充宗正丞

十二日克顗遷遥防

十三日御批下河東安撫司督捕賊師張御龍押班

李若愚廣西勾當公事

交趾叛將有李家來降者髙居簡云若愚曰此不可

受可以遥決不必往彼也

司農寺官添支十五緡

十四日檢正官添支如三司判官

十七日韓宣撫奏陜西運判李師錫弛慢令赴闕以

李南公代之以陳知儉權京西運判

十八日知揚州彭思永除戶部侍郎致仕

陳相丁母憂以李復圭宿州團練副使上曰環慶之敗

皆復圭生事已令安置李定除中允再下淮南令
鄰人分析介甫欲除定御史當世難之故也
二十二日李壽朋孫洙直舍人院馬仲甫知陽州呂
公孺知許州鄧綰知諫院
二十三日秘監李先判太常
二十五日龍直元絳除翰林學士李師中降度支
郎中知舒州王韶與職官老遺依倚介甫欺不罪
韶文公固爭乃削師中一職一官韶手降某職官
耳
楊繼勳閤門祗候知邛州王均反繼勳集軍民置刀
於前使殺己及妻子衆不可乃斂民財以賞兵賊攻
州繼勳伏兵於竹林蹴之乘勝逼成都檄諸州皆

會賊由是不能陷宅州幕僚不詳繼勳賂中貴人因

毁之故功不録

王益柔字勝之昔憝恪王君貺言蘇子美進奏院祭

神會專時指慢詩乃益柔作也

# 增廣司馬溫公全集卷百六

## 詩話

詩話尚有遺者歐陽公文章名聲雖不可及然記事一也故敢續書之

文德殿百官常朝之所也宰相奏事畢乃來押班常至日昃守堂卒好以厚朴湯飲朝士朝士有久无差遣厭苦常朝者戲為詩曰立殘庭下梧桐影喫盡街頭厚朴湯亦朝中之實事也

惠崇詩有劒静龍歸匣旗閑虎繞竿其尤自負者有河分岡勢斷春入燒痕青時人或有譏其犯古者嘲云河分岡勢司空曙春入燒痕劉長卿不是師

兄多犯古人詩句犯師兄進士潘閬常譏之曰崇師爾當憂獄事吾去夜夢爾拜我爾豈當歸俗耶惠崇曰此乃秀才憂獄事耳惠崇沙門也惠崇拜沙門倒也秀才得無詣沙門島乎

梅聖俞之卒也余與宋子才（選）韓欽聖（宗彥）沈文通（遘）俱為三司僚屬共痛惜之子才曰比見聖俞面光澤特甚意為充盛不知乃為不祥時欽聖面亦光澤文通指之曰次至欽聖矣衆皆見其暴謔不數日欽聖暴疾而卒余謂文通曰君雖不為呪咀亦戲殺耳此雖無預之事然以其與聖俞同時事又相類故附之

鄭工部詩杜曲花光醲似酒灞陵春色老於人亦為

詩人所傳誦難得之句也
科場程試詩國初以來難得佳者天聖中梓州進士
楊諤始以詩著其天聖八年省試蒲車詩云草不
驚皇輪山能護帝輿是歲以策用清問字下第景
祐元年省試宣室受釐詩云願前明主席一問洛
陽人諤是年及第未幾卒慶曆二年韓欽聖試勳
門賜立戟詩云凝鋒畫旛轉交錯彩支繁范景仁
云曾見真本如此傅欽之作拋風畫旛轉映日彩
支繁故兩存之蘇州進士丁偃試迩英延講藝詩
云白虎前芳檜金華舊事輕天心非不嗇喜意在
蒼生有古詩諷諫之躰偃是歲奏名甚高
御前下第自是二十年始及第尋卒滕元發甫　皇

祐五年御試律聽軍聲詩云万國休兵外群生奏凱中以是得第三人最爲場屋所稱

鮑當善爲詩景德二年進士及第爲河內府法曹薛尚書映知府當失其意初甚怒之當獻孤鴈詩云天寒稻粱少万里孤難進不惜充君庖爲帶邊城信薛大嘆賞自是遊宴无一不預焉一不復以掾屬待之時人謂之鮑孤鴈薛嘗暑月詣其廨舍當方露頂狼狽入易服袍板而出忘其幞頭薛嚴重左右莫敢言者坐久之月上當顧見髮影大慙以公袖掩頭而走

林逋處士錢塘人家於西湖之上有詩名人稱其梅花詩云疎影横斜水清淺暗香浮動月黃昏曲盡

梅花之體態
魏野處士陝人字仲先少時未知名嘗題河上寺詩云數聲離岸櫓幾點別州山時有幕僚本江南文士也見之大驚邀與相見贈詩曰怪得名稱野元來性不群借冠來謁我倒屣從起迎君仍爲延譽由是人始重之其詩效白樂天體　真宗西祀聞其名遣中使召之野閉户踰垣而遁王太尉旦從車駕過陝野貽詩曰昔時宰相年年替君在中書十一秋西祀東封俱已了如今好逐赤松遊王袖其詩以呈上累表請退　上不許野又嘗上寇萊公準詩云好去上天辞將相却來平地作神仙又有啄木鳥詩云千林蠹如盡一腹餒何妨又竹杖

校詩云吉凶終在我翻覆謾勞君有詩人規戒之風卒贈著作郎仍詔子孫租稅外其餘科役皆無所預　仲先詩有妻喜栽花活童誇鬬草贏真得野人之趣以其皆非急務故也　仲先詩有燒葉炉中無宿火讀書窗下有殘燈仲先既歿集其詩者嫌燒葉貧寒太甚故改葉爲藥不唯壞此一句乃并下句亦無氣味所謂求益反損也　仲先贈先公詩文雖如貞古道不似家貧先公監安置酒稅赴官嘗有行色詩云冷於陂水淡於秋遠陌初窮見渡頭猶賴丹青無處畫畫成應遣一生愁豈非狀難寫之景也

丁晉公謂善爲詩在朱崖猶有詩近百篇號知命集

其警句有草解忘憂憂底事花名含笑笑何人少時好蹴鞠長韻其二聯云鷹鶻騰雙眼龍蛇繞四支躡來行數步蹺後立多時

寇萊公詩才思融遠年十九進士及第初知巴東縣有詩云野水無人渡孤舟盡日橫又嘗爲江南春云波渺渺柳依依孤村芳草遠斜日杏花飛江南春盡離腸斷蘋滿汀州人未歸爲人膾炙

陳文惠公堯佐能爲詩世稱爲吳江詩云平波渺渺煙蒼蒼菰蒲纔熟楊柳黃扁舟繫岸不忍去秋風斜日鱸魚香又有詩云雨餘蛛絲斷風枝鳥夢搖詩家零落景采拾合如樵

龐穎公籍喜爲詩雖臨邊典藩文按塡委日不廢三

兩篇以此爲適及疾亟余時爲諫官以十餘篇相
示手批其後曰欲令吾弟知老夫病中尚有此思
耳字以慘淡難識後數日而薨

韓退之貶絳州又放誕不拘浪跡於秦晉間以詩自
名常跨一白驢自有詩云山人跨雪精〻便不論
程嗅地打不動笑天休始行爲人所稱好看寬袖
鸖氅醉則鸖舞石曼卿贈詩曰醉狂玄鸖舞閑臥白驢號

章獻太后上仙群臣進挽歌數百人石曼卿一聯首出曰震
出坤柔変乾成太極虛太后稱制日仁宗端拱至是
始親万機曼卿詩頗合時宜又不早長樂也

李長吉歌天若有情天亦老人以爲奇絕無對曼卿
對月如無恨月長圓人以爲勍敵

蘆医又詠上元夜遊人云伹看車前牛領上十家
皮没五家皮蔡君謨嘗嘲之曰陳亞有心終是惡
亞應聲曰蔡襄除口便成衰
楊朴字契玄鄭州人善爲詩不仕少時嘗與畢相同
學畢薦之太宗召見面賦莎衣詩云狂脫酒家
春醉後乱堆漁舍晚晴時除官不受聽歸山以其
子從政爲長水尉朴嘗爲七夕詩云年年乞與人
間巧不道人間巧已多
劉子儀與英公同在翰林子儀素爲先達章獻臨
朝時子儀主文在貢院聞英公爲樞密副使意頗
不平作慷乙詩曰空呈厚貌臨官道大有人從捷
徑過

先朝春月多召兩府兩制二舘於後苑賞花釣魚賦
詩自趙元昊背盟西陲用兵廢歛甚久嘉祐末
仁宗始復故事群臣繼和御製詩是日微陰寒韓
魏公時爲首相詩卒章云輕雲閣雨迎天仗寒色留
春入壽盃二十年前曾侍宴台司今日喜重陪時
内侍都知任守忠常以滑稽侍　上從容言曰韓
琦詩譏陛下上愕然問其故守忠曰譏陛下遊宴
太頻上爲之笑
熈寜初魏公罷相留守北京新進多陵慢之魏公鬱
鬱不得志甞爲詩云花去曉叢蜂蝶乱雨匀春圃
桔槔閑時人稱其微婉
元豐初宦者王紳效王建作宫詞百首獻之頗有意

思其、太皇太后生日詩云太皇生日最尊榮獻壽宮中未五更天子捧觴仍再拜寶慈侍立到天明寶慈 皇太后宮名也 太后幸景靈宮駕前露面雙童女詩云平明彩仗幸琳宮紫府仙童下九重整頓攏璁時駐馬畫工暗地貌母剝切真容

歐陽公云九僧詩集已亡元豐元年秋余遊萬安山玉泉寺於進士閔交如舍得之所謂九詩僧者劍南希晝金華保暹南越文兆天台行肇沃州簡長貴城惟鳳淮南惠崇江南宇昭峨眉懷古也直昭文館陳充集而序之其美者亦止於世人所稱數聯耳交如好治經所爲奇僻自謂聖人之道曰先儒所不能到貧無妻兒不應舉常寄食僧舍僧亦不

厭苦之始居龍門山猶苦遊人往来多徙居萬安山屛絶人事專以治經爲事凡數十年用心益苦而去人情益遠衆非笑之交如不變益堅雖非中行其志亦可憐也

范景仁鎮喜爲詩年六十三致仕一朝思鄉里遂輕行入蜀故人李才元大臨知梓州景仁枉道過之歸至成都日與鄉人樂飲散財於親舊之貧者遂遊峨眉青城山下巫峽出荆門凡期歲乃還京師在道作詩凡二百五篇其一聯云不學鄉人夸駟馬未饒吾祖泛扁舟此二事他人所不能用也

嘉祐中有劉諷都官簡州人亦年六十三致仕夫婦徙居賴山景仁有詩送之云移家尚恐青山淺隱

几唯知白日長時有朱公綽送諷詩去疏草焚來應

見史專囊金散盡只留書皆爲時人所傳誦

宗褎嘗賞黄子温詩子温名孝恭天聖八年登進士

第及大理寺丞失官其從兄子思亦善詩詠懷

曰日者未知裴令貴世人争笑禰生狂重午句曰

風簷蕭蔦引五六子露井榴開三四花子思名孝先

天聖二年登進士第終太常博士

北都使宅舊有過馬廳按唐韓渥詩去外使進鷹終

得按中官過馬不教嘶注去上乘馬必中官馭以

進謂之過馬既乘之然後蹙蹄嘶鳴也蓋唐時方

鎮亦傚之因而名廳事也

唐曲江開元天寶中旁有殿宇安史乱後盡圮廢文

宗覽杜甫詩去江頭宮殿鎖千門細栁新蒲爲誰綠因建紫雲樓落霞亭歲時賜宴又詔百司於兩岸建亭館　太宗於西郊鑿金明池中有臺榭以閱水戲而士人游觀無存泊之所若兩岸如唐制設亭館即踰曲江之盛也

宋景文言大小孤山以孤獨爲字江壖乃爲婦人狀龍圖閣直學士陳公簡夫留詩曰山稱孤獨字廟塐女郎形過客雖知誤行人但乞靈時稱佳句

唐王及善曰中書令可一日不見天子乎太祖以開元九年以中外無事始詔旬假日不坐然其日輔臣猶對于後殿問聖體而退至道三年三月二十九日旬假是日　太宗猶對輔臣至夕　帝崩李

南陽永熙挽詞曰朝纔憑玉几言猶在夜啓金縢事已非時稱佳作至真宗朝旬假輔臣始不入寶元中西事方興假日視事慶曆初乃如舊

天聖中錢文僖留守西都應天院有三聖御像去府僅十里朔望集衆官朝拜未曉而往朝拜訖三杯而退文僖戲爲句曰正好睡時行十里不交談處飲三盃又有人送驢肉復曰廳前捉到須依法合內盛來定付廚

予治平初同判尚書禮部本部掌諸處納到廢印極多率皆無用按唐舊說禮部郎中掌省中文翰謂之南宮舍人百日內須知制誥故王元之與宋給事詩云須知百日掌絲綸又謂員外郎爲瑞錦窠

員外郎廳前有大石諸州府送到廢印皆於石上碎之又圖寫祥瑞亦員外郎廳所掌令狐楚元和初任禮部員外郎有詩曰移石幾回敲廢印開箱何處送新圖是也今之廢印宜準故事碎之

大名進士耿仙芝以詩著其一聯云淺水短蕪調馬地淡雲微雨養花天為人所稱

杜甫終於耒陽藁葬之至元和中其孫始改葬於鞏縣元微之為誌而鄭刑部文寶謫官衡州有經耒陽子美墓詩豈但為誌而不克遷或已遷而故冢尚存耶（自此後係雜記）

宗袞嘗曰殘人矜才逆詐恃明吾終身不為也猶唐相崔渙曰抑人以遠謗吾所不為

唐明皇以諸王從學命集賢院學士徐堅等討集故
事兼前世文辭撰初學記劉中山子儀愛其書曰
非止初學可爲終身記
唐官有定員闕則補之後唐長興二年詔諸州待替
節度防禦團練使刺史並令隨常朝出逐司立班
二年敕免常朝令五日赴起居國初尚多有之前
資官令閤門儀制尚有見任前任節度防禦團練
使
魏野居於陝郊其地頗有水竹之勝客至必留飲酒
真宗特聘召不起天禧中卒贈秘書省著作郎野
子閑有父風皇祐中天章閣待制李昭遘言於朝
賜號清逸處士

周禮四時變國火謂春取榆柳之火夏取棗杏之火季夏取桑柘之火秋取柞楢之火冬取槐檀之火而唐時唯清明取榆柳之火以賜近臣戚里本朝因之唯賜輔臣戚里帥臣節察三司使開封府樞密直學士中使皆得厚贈非常賜例也

# 增廣司馬溫公全集卷百七

傳　投壺新格附



## 圉人傳

沂侯有馬悍戾不可乘服以爲無用將弃之野愛其疾足募有能馴之者祿以百金有圉人叩門而告曰臣能馴之沂侯使養馬數月益調服從驟緩急折還左右唯人所志沂侯喜賞以百金之祿拜爲圉師衆

綱疾之謁於侯曰馬今馴矣彼何功而徒費侯百金
吕請代之侯逐圉人居數月馬復悍戾如故侯乃召
圉人而謝曰子能使悍馬馴子去而馬復悍敢問何
術也對曰吕賤夫也不知其術而惟養馬之知夫馬
太肥則陸梁太瘠則不能任重箠策之急則駭而難馴
緩則不肯盡力善為圉者渴之飢之飲之秣之睎其
肥瘠而豊殺其菽粟緩之以盡其材急之以策其逸
鞭策以警其怠御控以馴其心使之得其宜適而不
勞亦不使有遺力焉其術甚微得於心應於手已不
能傳之於人人亦不能從己傳也如此故馬之材在
馬馬之性在我雖悍疾何傷哉汧侯曰善圉人曰是
術也豈特養馬而已抑治國亦猶是也夫材智之士

治國者之悍馬也捨之則不能以興功業御之不以道則不獲其利而桀黠不可制故明君者能用持智之士而以爵禄賞罰御之是以爵太高則驕禄太豐則憒穪憒之已雖有智力君不得而使也制之急則不得盡其能制之緩則不肯宣其用不任恩渥一驅之以威則怨怒而離心故明君者節其爵禄裁其緩急恩澤足以結其心威嚴足以服其志則士生死貴賤之命在於君矣雖慓悍何憂哉沂侯挽位為上鄉任以國政用其術推而行之沂國大治

## 張行婆傳

行婆張氏濰州昌樂人父為虎翼軍校張氏生七年繼母潜使僧晉弼鬻之紿其父去失之父哭之一日失

明由是落軍籍爲民會乃鬻於故尚書左丞范公家字曰菊花范氏以勝其女適泗州人三班借職金士則張氏勤謹其主家愛之與父別凡二十一年一旦遇之於范氏之門而識之遂辭范氏與父俱歸父怒繼母欲毆而逐之張氏曰君非母不得入貴人家母乃有德於兒又何怨焉今賴天之力得復見父若兒歸而母逐兒何安焉父乃止父時年且八十無他子家甚貧鬻蒭薪爲業昌樂有故田園爲人所據張氏乃與父母歸鄉里訟於州而得之未幾父卒張氏養繼母盡子道母老不能行所適稍遠則張氏負之母卒張氏嫁爲里民王祚妻生一男二女祐早卒諸孤皆幼張氏鞠之不從人既長畢婚嫁乃謂其子曰吾素

樂淨曆法里中有古寺廢已久吾嘗率里人修之弃
家處其中不復為尔毋矣里人聞之爭助以財不日
立堂殿廚廡塑繪佛像營儲皆備每戒其子毋得
至寺曰有衆人之財將以興佛事吾一毫不敢私也洪
來使吾無以自明全土則之蘇余嫂也元豐中張氏
自濰之泗省全氏又自泗之陝省余嫂徒步數千里
曰吾故時主家不可忘也乃置諸園門之旁獨處一
室日一蔬食讀佛書每與女僕語輒誨以忠勤有不
受而詬之者輒拜謝不與校遇夢齋之喜則以身先
之與之錢物衣服固辭強之不得已辭多受必覓尺
薪寸帛不忍弃必拾以歸愛之如己物女僕之幼者
則為之櫛沐紉縫視之如己女至於猴以飲食以時

無不馴服張氏去輒數日悲鳴不食余歎察其所爲而異之因諭之曰嫗已幸有一子不與之居以修其身而棲棲汲汲周遊四方意何爲哉張氏曰凡學佛者先應斷愛彼雖吾子久已捨之不復思也嗚呼世之服儒冠讀詩書以君子自名者其忠孝廉絜能如張氏者幾希豈得以其微賤而忽之耶聞其風者能無怍乎曏使生於劉子政之前使子政得而傳之雖古列女何以尚之惜乎爲浮屠所蔽不得入於禮義之塗然其處心有可重者余是敢私記之

## 猫虪傳 武六切又音育

仁義天德也天不能施之於人凡物之有性識者咸有之顧所賦有厚薄耳余家有猫曰虪每與衆猫食

常退處於後俟衆猫飽盡去然後進食之有復遠者
又退避之他猫生子多者虪輒分置其栖與巳子並
乳之愛昵踰於巳子有一猫不知其德於巳乃食虪
之子虪亦不與校家人以白澤圖玄畜自食其子不
祥見虪在旁以爲共食之痛箠而斥之以畀僧舍僧
飼之不食匿竈中僅旬由飢且死家人憐而返之至
家然後食家人每得稗猫輒令虪母之嘗爲他猫子
搏大犬噬之幾死人救免後老且病不復執鼠於家
爲長幼弃余不忍弃嘗自飼之及死余命貯篚中瘞於
西園時元豊七年十月甲午日自生至死近二十年
昔韓文公作猫相乳說以爲北平王德感應召致及
余家有虪乃知物性各有其類自有善惡韓子之說

幾於諂耳嗟乎人有不知仁義貪冒爭奪病人以利己者聞䶂所為得無愧焉司馬相如稱物有同類而殊能者故力稱烏獲捷言慶忌人誠有之獸亦宜然昔余通判鄆州有猫曰山賓生數月遇䶂得巨鼠方食之前與䶂鬬齧䶂走奪鼠以歸後因之有余以畀都監常鼎鼎始挈之跳躑高數尺不可牽制乃橐囊盛以授之兩廨相距二里許復數日山賓復來歸余又橐囊以授之鼎命婢牢縶之山賓旣識路即時歸繩約滿身鼎責群婢曰汝曹雖為人曾不及彼猫一心於其主余以旣畀之不可復留卒囊以授之遂不復歸不知其為死為生也山賓非䶂之比余獨加其不忘舊主故録之附于䶂傳之末

## 投壺新格

傳曰張而不弛文武弗能也弛而不張文武弗為也一張一弛文武之道也君子學道從政勤勞罷倦必從容宴息以養志游神故可也蕩而無度將以自敗故聖人制礼以為之節因以合朋友之和飾賓主之懽且寓其教焉夫投壺細事遊戲之類而聖人取之以為礼用諸鄉黨用諸邦国其故何哉鄭康成曰投壺射之細也古者君子射以觀德其爲心平軆正端一審固然後能中故也蓋投壺亦猶是矣夫審度於此而取中於彼仁道存焉疑畏則踈惰慢則失義方象焉左右前却過分則差中庸著焉得十失二成功盡弃誠慎明焉是故投壺可以治心可以修身可以

為国可以觀人何以言之夫投壺者不使之過亦不使之不及所以為中也不使之偏頗流散所以為正也中正道之根柢也聖人作礼樂修刑政立教化垂典謨凡所施為不啻万端要在納其心於中正而已然難得而制者无若人之心也自非大賢守道敦固則放蕩傾移無所不至求諸少選且不可得是故聖人廣為之術以求之投壺與其一焉觀夫臨壺荷矢之際性无麁密莫不聳然恭敬志存中正雖不能久可以習焉豈非治心之道歟一矢之失猶一行之虧也豈非修身之道歟兢兢業業慎終如始豈非為国之道歟君子之為之也壦然不動其心儼然不改其容未得之而不攝既得之而不驕小人之為之也俯

身引臂挾巧取奇苟得而無愧豈非觀人之道與由是言之聖人取以為礼宜矣彼博弈者以詭譎相高以殘賊相勝孔子猶曰飽食終日無所用心為之猶賢乎已況投壷者又可鄙略而輕廢哉古者壷矢之制揖讓之容今雖闕焉然其遺風餘象猶髣髴也世傳投壷格圖皆以奇儁難得者為右是亦投瓊擲闇之類耳非古礼之本意也余今更定新格增損舊圖以精密者為右偶中者為下使夫用機徼倖者無所措其手焉壷口徑三寸耳徑一寸高一尺實以小豆壷去席二箭半箭十有二枝長二尺有四寸以全壷不失者為賢苟不能全則積筭先滿百二十者勝後者負俱滿則餘筭多者勝少者負為圖列之左方并

各釋其指意焉

有初箭十筭

首箭中者君子作事謀始以其能慎始故賞之第二箭已下連中不絶者皆五筭若一箭不中次箭皆爲散箭其連中内有貫耳及驍者其筭别計假若有初箭仍貫耳則二十筭是也舊圖初筭二籌其次每箭加二籌盡箭而止甚非勸功之道今自二箭以下連中不絶者皆賞之所以勉之於不懈也

全壺無筭

無筭者不以彼之筭數多少皆勝之　若兩人俱全則復計其餘筭以决勝負夫爲山九仞功虧一簣全之實難故君子貴之

有終十五筭

末箭中之靡不有初鮮克有終故比之有初又加五筭也

散箭一筭貫耳十筭

耳小於口而能中之是故用心愈精故賞之

驍箭十筭

驍亦謂之驕皆俊猛意也謂投而不中箭激反躍捷而得之復投而中者也爲其已失而復得之不遠復善補過者也乃賞之若復投而貫耳者其筭别計復投而不中者廢之

敗壺

不問已有之筭皆負謂十二箭俱不中大無功也若

兩人皆敗則亦計餘筭以決
勝負
横耳　謂箭横加耳上舊五十筭
横壺　謂横加壺口舊四十筭
皆依常筭無賞偶然而横非投者功何足以賞
若爲後箭所擊而墜地者與不中同
倚竿　謂箭邪倚壺口中舊十一筭
龍首　謂倚竿而箭首正向已者舊十八筭
龍尾　謂倚竿而箭羽正向已者舊十五筭
狼壺　謂轉旋口上欲倚竿者舊十四筭
帶劒　謂貫耳不至地者舊十三筭
耳倚竿　舊十五筭

皆廢其筭傾邪險詖不在於善而舊圖以爲奇

筭多與之□筭甚無謂也今廢其筭所以罰之然

異乎於不□者故於連中全壺皆得遍數若爲

後箭所擊及自墜壺若耳中者復計其筭墜地

者與不□同

倒中舊百二十筭倒耳舊不聞筭數並闕

壺中之筭盡廢之　顛倒反覆惡之

大者奈何以爲上賞今盡廢其美筭以明逆順之道

# 增廣司馬溫公全集卷一百八

祭文　哀辭



## 代韓魏公祭范希文文

某謹以清酌庶羞之奠致祭于資政范公之靈嗚呼哀哉上天生公固爲吾　宋堯舜我吾　君兮既忘身而憂國以成康期吾俗兮又竭思而仁衆外贊樞

宰執云不用厥撫藩服執云不重何太平之策莫崇不
得施兮委經綸於一夢此一人所以震嗟而天下爲
之深痛豈止平生之交得訃音而長慟嗚呼哀哉僕
始立朝獲公尚蹤道同氣合于時相待恭師于西乃与
公俱協心畢力誓蠲兇渠義切王室情均友于雖
千艱而乃險仗忠信而如無僕一望公公睹僕驚止駕
未逮敢擬齊驅人胡弗辨遂連公呼自顧無有愧常
汗誅賢示公是託終履夷塗墜致蘇來附一節同契與公
並命衆翊乃樞凡有大事爲國遠圖爭而後已[illegible]
抑初指之爲黨豈如是乎道卒與時戾謂公迂而
僕愚狷緣補外謗毀崎嶇感公之知謂死一心[illegible]
哀哉定之去青不遐驛个置自公之東訃問[illegible]

日深交朋莫二蠅頭細書以詩爲寄珠貝累幅氣嚴法備自云頭矍鑠以將有丁意謂公康寧日保純粹忽以疾聞求醫往視遽然遣介候公盟寐會公得穎肴與赴治尚煩公答親筆數字意公必痊但以爲慰方具書藥詢公所恕得同元規報云公永逝讀之駭泣于是俱廢氣塞滿膺眠不知味惟公事君之大方固始終之一致有生即有死雖聖智其安避所惜者國家待賢而後乂天胡靳之而一不憖遺嗚呼哀哉公之所在包夔踰禹雄文奇謨天忠偉節充塞宇宙照耀日月前不愧於古人後可師於来哲固有良史直書海内公說亘億万世不可磨滅此爲夭而爲壽兮諒識者之能別豈於一奠之閒兮可盡公之德烈惟是冝然

而思顯茲而悲此生未須臾無已時公乎公乎知乎
不知尚饗

祭韓魏公文

惟公仁義忠亨得之自然所施所履命世之賢冠登
甲科聲名四傳聯輝冊府表襮英遊徊翔諫省風節
孤騫擢升法從壯觀近班賦昊敷命西領中權經畫
邊鄙勤勞累年戎醜來庭延登樞府道德之俊同時
入輔窒姦塞邪剗弊除蠹讒舌陰搖分符以去中山
大國太行東西連開戎府彈壓羌夷天聲万里雷動
神馳帝思勲舊召還廟堂帷幄論道海寓樂康仁
廟晚年少陽虛位天下大本未有所繫公常深念圖
建冢嗣引古盡言山岳其意忘身忘家無所顧避

聖心感悟遂定大計合天符人　英廟主器夷夏歡
呼聲震天地　千艱万險公若平易六龍飛天帖無一
事俄膺顧命　今上嗣政永厚復土力辭大柄得謝
大邦均休遂性未離闕廷西陲微擾　天子詔公改
師咸鎬義不辭難受命戒道事寧求還復守鄉閭三
始閱月又遷魏都時議者建青苗之令出錢取息始
惠終病抗疏論列辭嚴義正　天子動容賢路交慶四
見炎涼復臨安陽爕爕錦衣煌煌綉裳頓上印綬十
拜封章宸旨溪若予未須俞音遽嗟逝川莫伸素志嗚
呼哀哉自公之甍城邑田里老壯童幼咨嗟涕泗非
德感人孰能如是位居將相殆將二紀萬鍾之禄隨
得隨施姻親僑寓賴公以濟蓋捐之日所餘無幾清

白之風昭曜來世某之稚愚少有倫比久叅賓從納
顧特異朝教誨誘掖子弟撫育成立皆公之賜撫
膺長號厥萬攀辭奠以寄哀痛無窮已英靈不昧來
奠歆此尚饗

祭呂中丞獻可文

維年月日具位某謹以清酌庶羞之奠致祭于獻可
同年兄之靈嗚呼獻可之士海內歎息況於親交哀
痛可知忠直敢言人人自許誰如獻可始末無虧行
不媿身名高於世壽夭不校餘復何言知我之深
見於臨歿令茲永訣文不逮情嗚呼哀哉尚饗

祭周國太夫人文

維元豐八年十二月辛未具官司馬某謹以香酒

敬饌致祭于周國太夫人之靈光辱先丞相之深知荷太夫人之懿德趍走門下累紀于兹毎升堂拜伏或違離在外撫存問遺一均生姓何期一旦永不待前薄酹薦誠悲號摧絶

石昌言哀辭

眉州石昌言年十八州舉進士倫輩數百人昌言爲之首聲振西蜀四十三迺及第及第十八年知制誥又三年以疾終嗚呼少而秀宜其速成反齟齬不進晚而達宜其壽又未老而終天道幽遠不可得而識耶昌言爲人純素忠謹望之儼然以律度自居郎之恂恂温厚善談笑令人心醉不能舍去光爲兒童始執卷則聞昌言名已而同年登進士第與昌言遊兄

二十年自始得見至於永訣其間迭有進退窮通相遇如一日無不可得而親亦不可得而疎也詩云淑人君子其儀一兮其儀一兮心如結兮昌言之謂耶於未沒數日先往見之起居固無恙一旦有人告曰昌言去夜得疾甚急未及問訊又有繼至者曰昌言沒矣嗚呼死者人之常善惡脩短固不敢言何奪之之暴也前年光自晉陽歸昌言延我於中堂酌清臺暑釀酒以飲我及往奠於畫像之前則依然昔時置酒處也嗚呼誰能睹是而不慟也哉洒涕為之辭曰

嗚呼昌言天既賦以純秉兮胡有德而不年與祿何後兮零落何先幾日不見兮邈然九泉士喪師友兮國亡儁賢綠耳顛躓兮璵璠棄捐冥冥不可

追獨行過門兮怳若自疑車馬不見兮遠行何之
忽思長逝兮涕下交頤寒暑回薄兮宿草離離嘆
也有終兮忘也無時

百八　五　元

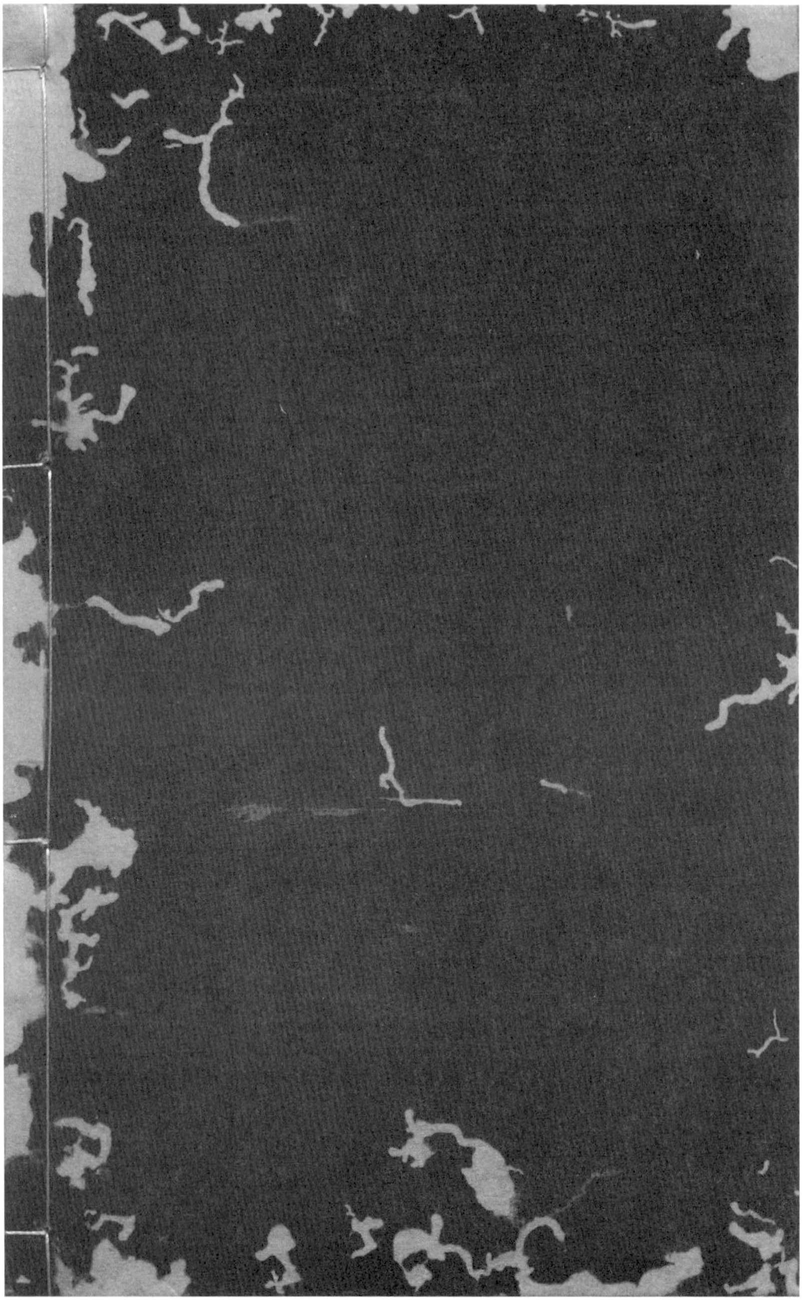

# 增廣司馬溫公全集卷一百九

## 挽詞

仁宗皇帝挽詞二首

聲教禹餘畢文明四十春茂勳留信史盛福徧生民共適禽魚樂安和燾覆仁百年龍馭遠空復仰威神

又

霧曉銅魚躍霜寒閶闔開哀聲際海發靈仗帶天來別寢嚴虛位重闈閟夜臺柏城空有路無復屬車囬

英宗皇帝挽歌三首

盛德師堯舜英姿肖祖宗太陽光徧照滄海量兼容鴻業卽能繼齊民望可封如何未五載已上鼎湖龍

又

虹瑞流朱邸童旄侍紫宸簡心天與孝援位帝知人
學古切時敷詢深道日新宜然三百載民物仰威神

又

諫省誠無狀龍鱗肯屢嬰恩深忘位賤義重覺生輕
不敢誅鋤法仍蒙獎嘆榮百身何足報天造固難名

太皇太后挽歌詞二首

麟閣承家慶軒星應德暉帝猷陰有補嬪則動無違
遽就蒼梧野空餘大練衣只應彤管在万古播徽
四紀禕衣盛兩朝長樂尊九州貢甘旨万乘問晨昏
明辟歸元子謀嘉賚孝孫群生資后土難荅化光恩

致政楊侍郎挽詞二首

時論歸清德皇心重志臣祖風終骾直家學本深淳
便殿談經久安車就第新如何金未盡奄忽奔鄉人
又
憂困心如石當期有古風桂冠雖在遠遺禮不忘忠
飛旐西歸洛新阡背倚松還令往來客下馬白楊中
故翰林彭學士挽詞三首
風昔遊清貫時流藉重名鑾書石渠秘視草玉堂榮
吉兆虛三鱣凶期告兩楹子雲思故國墳樹必西傾
又
平生對交舊万日正如初不復知榮賤都能忘戚疏
遺靈聽素几偽物屏塗車家事何蕭索空餘萬卷書
又

祖奠悉將撤，旂簫儼吹行。野寒無故馬，樹轉出新旌。
泉路幽無底，魚燈暖不明。如何豐美志，鬱鬱向佳城。

鄭紓侍郎挽歌辭

雲夢氣罕復，比肩生雋豪。司農家學富，廷尉里門高。
騏驥昔千里，鳳凰今一毛。鄒丘餘慶在，終應呂虔刀。

哭横渠詩 張載 字子厚[illegible]横渠先生

先生負材氣，弱冠遊窮邊。麻衣揖鉅公，决策期萬全。
謂言叛羌背，坐可執而鞭。意趣小參差，万金莫留連。
中年更折節，六藉事精研。羲農訖周孔，上下皆貫穿。
造次循繩墨，儒行無少愆。師道久廢缺，模範幾無傳。
先生力振起，不絕尚聯綿。敎人學雖博，安以禮為先。
庶幾百世後，復覩三王前。釋老比尨孅，群倫將蕩然。

先生論性命指示今知天觀光動京師名卿爭薦延
賓之石渠閣豈徒修簡編丞相正自用立有榮枯譏
先王不可屈去之歸卧堅孤甃聚漏室餬口耕無田
欣欣茹藜藿皆不思肥鮮近應舊詔起尋取病告旋
舊廬不能到引頫風飼飼人生會歸盡但問愚與賢
借令陽虎言鉅及驕顏淵况於朱紫貴飄忽如雲煙
豈欲有清名高出一亦白巔門人俱經帶勿為利祿遷
好礼刻古人勿為時俗牽修內勿偕外執中勿執偏
當令洙泗氣郁郁滿秦川先王儻有知無憾歸重泉

文太師挽詞三首

汾晉地形美古今多達賢况承勲烈後宜有慶靈傳
著位登朝石蘇華出衮先聖守從此始圭組遂蟬聯

又

美化流民物薰然遺三千年至梁公當日社邵父至今歌
庭有三槐鎮其門容駟高道欲知餘慶在公鼎格平和

又

夏屋封何處山曰育此生嶂根走伊水回首負嵩高立
忠孝家風備哀榮不亡一拱儼龍霧鬱蒼翰万古照松楸

炯一國廣下大隱過公墳詩二首

明直君臣合契危疑相與金章四輔貴至帳万兵嚴
衛傳長城隱臨發豈勿兵亭山實盤磨若何以慰民瞻

又

帝誥封泥紫皇墳殺簡青坐談安至疊尊封龍書龍庭
蕭散昭文理氷霜芸兼其刑英靈入箕尾煞古作天星

和冲卿三哀詩 江鄰幾梅聖俞韓欽聖

天生千萬人中有一雋傑奈何喪三賢前後纔幾日
鄰幾任天資貞浮飾恥澡刷朝市等山林衣冠同布褐
外無涇渭分內有淄澠別逢時敢危言慷慨誰能奪
聖俞詩七千歷歷盡精絕初無追琢勤氣質稟清
負茲驥丗才未嘗自摽揭鞠躬隨衆後側足畏蹉跌
欽聖渥洼駒初生已汗血雖有絕塵蹤不失和鑾節
宜爲清廟器儼雅應鍾律衆論誠共然非從友朋出
群材方大來軮軋扶帝室誰去指顧閒聯翩化異物
累欷哭未已病枕氣已竭同爲地下遊携手不相失
紳緌頓蕭然相逢但嗟咄誦君三哀詩終篇涕安雪
皆目尚昭晰笑言猶髣髴肅[illegible]夜悲風四望氣蕭瑟

哭公素二首

負書遊上國，拾芥取榮名。雅度津涯闊，高文風雨驚。
志懷翻得謗，縱酒遂傷生。忍使泉臺客，悄悄不自明。

又

丹旌倚轜車，榮辱盡虛無。半道騂騮頓，先秋蘭蕙枯。
兒癡纔過齔，親老不勝扶。家事今蕭瑟，寧將未苐殊。

丁尚書挽詞二首

鳳躍遊汾曲，非熊得偉人。閨臺尤顯重，訓誥愈深淳。
論道參黃閣，攢絰侍紫宸。如何天不假，志業未全伸。

又

丹闕晨趍退，蕭然志世榮。閒齋虛自白，永日澹無營。
脫略簪纓累，沈冥丘壑情。貪夫誠有激，千載素風清。

祁正獻公挽歌三首

丹墀十獻大冰霜德操堅陶鈞成茂業書史樂高年
瞻望蕃縉紳共吁嗟館舍捐舉時無異論方信令名全

又

鈞天呈夢壽訣一朝梁苑新佂登華袞真家似布衣貧
直道高當世清風遺舊人千秋寒照日竹帛不棲塵

又

先子同烏府知音誠曒然晚纔來拜伏撫首辱哀矜
詒也泉高舂生悲塵網牽無由懷灑奠擬滿望新阡

和不疑送虜使還道中聞鄭幾聖俞歎
長遊作詩哭之

昨夕鄭更來叩門置書函呼□取以入不能卒開其緘

不疑賦下篇發自燕之南痛傷江其姊繼殞良人殲
噫咤吾卅六三尚未知其三請從北轅後覥纏為君謗
鄰三雖又疾姑不妨朝參飲歠寢衰嚴遂生虛瘵
逮以易簀告吾骨餘瑩嵌遺書屬僧終始貞無慚
嬰人有寒食冰外以風邪兼愚醫暴下之結綴此命隨
懵懵氣上走不復容鍼砭自言從良友逝一下心亦一茸
欽聖賅素彊藥石性所諳平居察與指數多不壽占
一朝斬歸路簿籍張不廢飲計哀衆髻嚳悖未信猶闚覷
興言矣三子舉衣淚已沾英賢能幾何逝者跡湖衍
君疑天上才難得帝所負我疑人間妻多厭獨所幾
茫茫幽明隔差異雖窮搜憂來一不可忘終日心戚戚

侍讀王文公挽歌二首

石室書編富金華講席重薦紳歸博洽鳴玉稱雍容
纍田象户目古琢蹤老成今已矣咨訪欲誰從

又

盃底潛蛇影門陰集載琴玉樓新記就石槨舊銘流
薤有封窆礼籯無遺子金寂寥封馬鬣秋色淨松林

紫微石舍人挽詞二首

地勝岷峨秀時清俊乂生揚雄晚得祿何武少知名
性有囯書癖心忘紱冕榮前年歸諭蜀不使里人驚

又

顧我非君比最為相得歡平生遊處久義行始終完
長夜思埋玉秋霜不借蘭西風濕襟袖空有淚闌干

吴正肅公挽詞三首

皇家延茂異鶚立迥無倫高識誰能奪英才自有真驊騮寧受縶氷鑑不捿塵試爲咨請論風流第幾人

又

辭華已獨步政治復無前吏不容三穴民皆戴二天於今知和寡自古愧才偏惆悵棠陰下仁風尚藹然（公秉爲陝牧其實陝人知公之政）

又

念昔少年日謬登君子堂重言何以稱厚德不能忘（昔某以文請見公亦以長歌過有襃奬）玉麈聲容在泉臺歲月長憑誰寄清淚爲我洒松崗

致仕邵少卿挽詞

北園啓佳城東吳隕德星繐帷長寂寞羽扇遂飄零

泉竹千年碧霜松數寸青慶餘知有在玉樹滿堦庭

梅聖俞挽歌二首

兵形窮勝負史法貫興衰落落雖殊衆恂恂不近時

位卑名自重才大命須奇世俗那能識傷嗟正為詩

又

溱潧無復贈洧洛不知春壽紀光華減中郎後秀含

淒清千古韻寂寞一丘塵異日昭亭下方多瀝酒人

宣徽使河東經略使鄭文肅公挽歌二首

璿璣敷商命金節護邊兵壽亦將軍劍共為侍者榮

扶搖方上擊潢泥忽西傾罷市人相弔紛紛滿百城

又

柳晏喪容感江山故國遙清詩獨長往何日重來朝

事與青雲斷榮如曉夢消西風虎丘路馬鬣又蕭蕭

又代孫撿討作 俞字欽禮

湖瀅翠岫環勝地古東吳氣象常晴秀英靈何世無
金閨演玉綍玉帳綰兵符燀燁照鄉曲從茲亦壽儒

又

人為天地容處世若浮休豈有長生在秪知名可留
露浥寒草曉風嘯白楊秋地下求文友應從顏陸遊

贈太子太傅康靖李公挽詞二首

黃髮今彫喪耆君生歎奈何散金饒擬樂曳杖已成歌
十郡餘思在三臺故吏和位崇仍有後五福更為多

又

幽簿去悠悠西郊亂葉秋旐飛寒日薄笳咽斷雲愁

弔客門飛鶴佳城山卧牛靈車今不返淯水日東流

葬新鄭

田横墓

昔時南面並稱孤今日還為絳灌徒忍死秪能添屈辱偷全不足憂須臾一朝從殉傾群客千古生風激懦夫直使強顔臣漢帝韓彭未必免同誅

古墓

茫茫野田平落日歷歷古遺邱夏侯碑無文荊棘深石獸沉淪松栢荒門人雖一不知幾年昔皆高官仍厚禄子孫流落向何所吉凶當年非不卜我來正値寒食天祭祀不設無人哭

致仕王侍郎挽詞三首堪字君王

弱冠獻奇策，紛紛賈才賦。成平樂館歌，奏柘梁盃。侍御天聖初以江都主簿上書獻七策召試館職麗　嘗侍宴後苑賦山水石歌首出諸文士獨被褒賞

藻留昭世英，遺騰蒿里土。中埋美玉，誰見不興哀。

又

振鷺儔靈沼，冥鴻翔太虛。清朝鮮鳴玉，舊里挂安車。
詩酒江山勝，園林俸祿餘。所悲今不往，誰奏茂陵書。

哭劉仲原文二首

天下才無幾，夫君獨患多。高文粲列宿，英辯瀉長河。
瑩官成朝夢，浮生度尺波。舊僚空執酒，相與淚滂沱。

又

昔醉金明渚，今來慧辯祠。當年笑相視，此日哭殊悲。
天遠水泉静，風高草木衰。江梅壺氣在，泉下復相知。

呂宣徽挽歌二首

弈世台衡貴盈門紱冕榮遐方流惠化殊俗讋威聲
宥密資忠力安平寄老成遽騎箕尾去何以慰蒼生

又

嵩嶽人皆仰長城衆所依遠猶方克壯昭世忽長違
象設儼如在英靈杳不歸唯應令名久行素靄餘輝

程忠獻公挽歌詞三首

瀛海計謨定宗祧指顧安鴻勳柱石壯勁節雪霜寒
翼亮三朝久初終一德完如何未黃髮壟栢已丸丸

又

愛物慼容悴憂公宿疹加孤忠貫白日美志捲丹霞
行路皆惆悵閭風悉嘆嗟英靈在宗祖猶想佑皇家

又

惻怛勤旒裒鴻臚葬老臣蕭鐃震隘口拂翣盈澶瀆
文大葬名在哀榮異禮陳豐碑紀遺烈長泣鄰城人

錢子高挽歌二首

煒煒傳家學連翩射策榮走丸過省閈破竹取公卿
埋玉嗟何早爲山惜未成空令澤宫友相顧淚縱横

同年致祭者
二十二人

又

象設如平昔升堂不見君尚疑言笑在忽念死生分
清論千秋雪浮榮一片雲泉臺多少路何處復修文

又

凶夢歌洹水妖巢集戴鵀未嘗餘俸禄無以具衣衾

哀渙分倉穀翁歸賜府金他年純固傳寧使令名沉朝廷以公清貧賻贈有加

邵堯夫先生哀挽

慕德聞風夂論文傾蓋新何煩半面舊不待一言親講道切磋直忘懷笑語真重言蒙蹠實佩服敢書紳

又

菽藿一簞樂蒿萊三畝寬蒲輪不能起甕牖有餘安高節去圭角夂要斂歲寒今朝郊外客誰免涕汍瀾

胡太傅宿字武平挽歌二首

行冠鄉人品文爲學者師黄裳蘊厚德玉律儼清規大節人難奪嘉謨世莫知儀刑不可見遺烈滿豐碑

又

裴回游内禁竊勿賛鳴樞陰德加民物清名服士夫天方遺一老星忽隕三吳疑從龍歸去乘雲在帝都

英宗時方上僊

辭墳

嘉祐元年某通判并州因公事至絳私歸拜墳不敢至夏縣而去於今十年矣

十年一展墓旬浹復東旋豈負襁褓愛攢遺章綬纏更來知幾日遺恨恐終天慟哭出松徑悲風爲颯然

# 增廣司馬溫公全集卷百一十

傳　墓誌

范景仁傳

自叙清河郡君

蘇軾母程氏墓誌

## 范景仁傳

范景仁名鎮益州華陽人少舉進士善文賦場屋師之為人和易修敕故參知政事薛簡肅公端明殿學士宋景文公皆器重之補国子監生及貢院奏名皆第一故事　殿廷唱第過三人則為奏名之首者必抗聲自陳以祈恩雖考校在下　天子必擢寘上列

以吳春卿歐陽永叔之耿介猶不免從衆景仁獨不然左右與並立者屢趣之使自陳景仁不應至七十九人始唱名及之景仁出拜退就列訖無一言衆皆服其安恬自是人始以自陳為恥舊風遂絶釋褐新安主簿到官數旬時宋宣獻公留守西京不欲使與下吏共勞辱召置国子監使教諸生秩滿又薦於朝為東監直講未幾宋景文公奏 修唐書又用叅知政事王公薦召試學士院詩用彩霓字學士以沈約郊居賦雌霓連蜷讀霓為入聲以景仁為失韻由是除館閣校勘殊不知約賦但取聲律便美非霓不可讀為平聲也當時有學者皆為景仁憤鬱而景仁處之晏然不自辯為校勘四年應遷校理丞相龐公

薦景仁有美才不汲汲於進取特除直秘閣未幾以起居舍人知諫院　仁宗性寬仁言事者競為激訐以采名或緣愛憎汚人以帷箔不可明之事景仁獨引大體自非關　朝廷安危繫生民利病皆闊略不言陳恭公為相嬖妾張氏笞殺婢御史劾奏欲逐去之不能得乃誣之云私其女景仁上言　朝廷設臺諫官使之除讒慝非使之為讒慝也審如御史所言則執中可斬如其不然御史亦可斬御史怒共劾景仁以為阿附宰相景仁不頋力為辨其不然深捄當時之弊識者韙之　仁宗即位三十五年未有繼嗣嘉祐初暴得疾旬日而人不知中外大小之臣無不寒心而畏避嫌疑相倚伏莫敢發言景仁獨奮曰天下

事尚有大於此者乎捨此不言顧惟抉擿細微以塞
職是真負国吾不忍也即上言 太祖捨其子而立
太宗周王既薨 真宗取宗室子養之宮中 陛下
宜為 宗廟社稷計早擇宗室賢者優其禮數試之
以政與圖天下之事以系天下之心章累上寢不報
景仁因闔門家居自求誅譴執政或諭以柰何効于
名希進之人景仁上執政書言繼嗣不定將有急兵
鎮義當死 朝廷之刑不可死乱兵之下此乃鎮擇
死之時尚安暇顧干名希進之嫌而不為去就之决
哉又奏稱臣竊原大臣之意恐行之而事有中变故
畏避而為容身之計也万一兵起大臣家族首領頓
不可保其為身計亦以踈矣就使事有中變而死乃

臣下之職與其死於亂兵不由愈乎乞　陛下以臣此章示大臣使其自擇死所聞者為之股栗尋除兼侍御史知雜事景仁固辭不受乞解言職就散地執政復諭以　上之不豫諸大臣亦當建此策今茲言已入為之甚難景仁復上執政書云但當論事之是非不當問其難易以事早得濟緩則不及此聖賢所以貴機會也諸公謂今日難於前日安知他日不難於今日乎謂今日茲言已入不可弭它日可弭乎凡見上面陳者三奏章者十有九　朝廷不能奪乃罷諫職改集賢殿修撰頃之拜知制誥遷翰林學士英宗即位中書奏請追尊濮安懿王事下兩制議以為宜稱皇伯高官大國極其尊榮大迕執政意更

下尚書省集百官議之意朝士必有迎合者旣而臺諫爭上言為人後者為之子不得顧私親今 陛下旣為 仁宗後若復追尊 濮王是二統也殆非所以報 仁宗之盛德衆論鼎沸執政欲緩其事乃下詔罷百官集議曰當令禮官檢詳典禮以聞景仁時判太常寺即具列為人後之禮及漢魏以来論議得失悉奏之與兩制臺諫官合執政怒召景仁詰責之曰 詔書云當令檢詳奈何遽列上邪景仁曰有司得 詔書豈不敢稽留即以聞乃其職也奈何更以為罪乎會宰相遷官景仁當草 制坐失於考按不合故事改侍讀學士出知陳州 今上即位復召還翰林王介甫參知政事置三司條例司更變 祖宗法

令尊以聚斂為務斥逐忠直引進姦佞景仁上疏極言其不可　朝廷不報景仁時年六十三因上言即不用臣言臣無顏復居位食祿願聽臣致仕章累上語益切直介甫大怒自草　制書極口醜詆使以本官户部侍郎致仕凡所應得恩例悉不之與於是當時在位者皆自貴景仁名益重於天下介甫雖詆之深人更以為榮焉景仁既退居有園地在京師專以讀書賦詩自娛客至無貴賤皆野服見之不復報謝故人或為具召之雖權貴不拒也不召則不往見之或時乘興出遊則無遠近皆往嘗乘籃輿歸蜀爲親舊樂賑施其貧者周覽江山窮其勝賞朞年然後還年益老而視聽聰明支體尤堅彊嗚呼　曏使景仁枉

道希世以得富貴家居辱饑寒患豈有今日之樂邪然則景仁所失甚少所得殊多矣詩云愷悌君子神所勞矣又曰樂只君子遐不眉壽景仁有焉客有問今世之勇於迂叟者叟曰有范景仁者其為勇人莫之敵客曰景仁長僅五尺循循如不稱衣奚其勇叟曰何哉而所謂勇者而以瞋目裂眥髮上指冠力曳九牛氣陵三軍者為勇乎是特匹夫之勇耳勇於外者也若景仁勇於內者也自唐宣宗以來不欲聞人言立嗣萬一有言之者輒切齒疾之與背叛無異而景仁獨唱言之十餘章不已視身與宗族如鴻毛後人見景仁無恙而繼為之者則有矣然景仁首冒不測之淵無勇者能之乎人之情孰不畏 天子與執政親

愛之至隆者孰若父子執政款尊　天子之父而景仁引古義以争之無勇者能之乎禄与位皆人所貪或老且病前無可冀猶戀戀不忍捨去况景仁身已通顯有聲望視公相無跬步之遠以言不行年六十三即拂衣帰終身不復起無勇者能之乎凡人有所不能而人或能之無不服焉如呂獻可之先見范景仁之勇決皆余所不及也余心誠服之故作范景仁傳

## 自叙清河郡君

清河郡君張氏冀州信都人禮部尚書致仕存之女端明殿學士司馬光之妻也年十六適司馬氏夫登朝封清河縣君及為學士改郡君年六十元豐五年

正月壬子晦終於洛陽二月辛巳晦葬涑水先塋君
性和柔敦實自始嫁至于瞑目未嘗見其有忿懥之
色矯妄之言人雖以非意侵加默而受之終不與之
辨曲直巳亦不復貯於懷也上承舅姑傍接娣姒下
撫甥姪莫不恱而安之御婢妾寬而知其勞苦兒婦
忌心嘗夜濯足婢誤以湯沃之爛其一足君批其頰
數下而止病足月餘方愈故其没也自族姻至於斯
養無親疎小大哭之極哀久而不衰感出惻怛非外
飾也內外無一人私議其短者茲豈聲音笑皃之所
能致耶平居謹於財不妄用自奉甚約及餘用之以
賙親戚之急亦未嘗吝也始余為學官笥中衣无幾
一夕盜入室盡卷以去時天向寒衾无纊如余答至羌

矣以見之余不能不嘆嗟君笑曰但願身安無憂
有余賢其言爲之辭然近世士夫皆有誌刻石墓中亦
以遺人余以爲婦人無外事有善不出閨門故亦叙
其事存於家庶使後世爲婦者有所矜式焉

## 蘇軾母程氏墓誌

按程氏乃程仁霸女適蘇老泉之

治平三年夏蘇府君終於京師光往弔焉二孤軾轍
哭且言曰今將奉先君之柩歸葬於蜀蜀人之祔也
同壟而異壙日者吾母夫人之葬也未之銘子爲我
銘其壙光固辭不獲命因曰夫人之德非異人所能
知也願聞其略二孤奉其事狀拜以授光光拜受退
而次之曰夫人姓程氏眉山大理寺丞文應之女生
十八年歸蘇氏程氏富而蘇氏極貧夫人入門執婦

職孝恭勤儉族人環視之無絲毫怏怏於驕倨可譏訶
者由是共賢之或謂夫人曰父母非乏於財以父母
之愛若求之宜無不應者何爲甘此疏糲獨不可以一
發言乎夫人曰然以我求於父母誠無不可萬一使
人謂吾夫爲求於人以活其妻子者將若之何卒不
求時祖姑猶在堂老而性嚴家人過堂下履錯然有
聲已畏獲罪獨夫人能順適其志祖姑見之必悅府
君年二十七獨不學一旦慨然謂夫人曰吾自視今
猶可學然家待我而生學且廢生奈何夫人曰我欲
言之久矣惡使子爲因我而學者子苟有志生以累
我可也即罄出服玩鬻之以治生不數年遂爲富家
府君由是得專志于學卒爲大儒夫人喜讀書皆識

其大義軾轍之幼也夫人親教之常戒曰汝讀書勿
視曹耦止欲以書生自名而已每稱引古人名節以
厲之曰汝果能死直道吾亦無戚焉已而二子同年
登進士第又同登賢良方正科自宋興以来惟故
資政大學士吳公育與軾制策入三等轍所對語尤
切直驚人繇夫人素勗之也若夫人者可謂知愛其
子矣始夫人視其家財既有餘乃歎曰是豈所謂福
哉不已且愚吾子孫因求族姻之孤窮者悉為嫁娶
賑業之鄉人有急者時亦賙焉比其没家無一年之
儲夫人以嘉祐二年四月癸丑終於鄉里其年十二
月庚子葬彭山縣安鎮鄉可龍里享年四十八軾登
朝追封武陽縣君凡生六子長男景先及三女皆早

天幼女有夫人之風能屬文年十九既嫁而卒嗚呼婦人柔順足以睦其族智能足以齊其家斯已賢矣況如夫人能開發輔導成就其夫子使皆以文學顯重於天下非識慮高絕能如是乎古之人稱有國有家者其興衰無不本於閨門今於夫人益見古人之可信也銘曰　貧不以汚其夫之名富不以為其子之累知力學可以大其門而直道可以榮於世免夫教子底于光大壽不充德福宜施於後嗣

# 增廣司馬温公全集卷一百十一

## 墓誌



### 蘇騏驥墓碣銘

蘇氏之先出自重黎忿生爲周武王司寇封於温世爲卿士或謂之温子春秋時蘇子爲狄所滅子孫以

邑爲氏歷世久遠散之四方在洛陽者秦厲代以口
辨顯戰世在杜陵者建爲漢名將子武使匈奴中十
年不屈節在武功者綽仕宇文周以明法令爲其官
子威隋文帝佐命功臣至唐瓌父子爲賢相此其章
章猶著者也周襄溫爲晉邑河内郡隋以河内爲懷
州維修武之族不棄其故土留懷州不去公其後焉
公諱某字某曾大父某父某皆不仕父某贈左司衛
率公幼慷慨有遠志自力讀書不治家事宗族爭笑
且怒之曰汝世農家勤治耕桑以豐衣食汝忽棄業
爲書生窮餓無日矣公曾不顧爲學益堅早喪二親
哀毁過禮鄉曲稱之弱冠舉三傳科景德中契丹南侵
河北盜賊蠭起公於是盡散家財糾合鄉曲子弟結

以信義扞禦群寇修武由是獲全大將軍某甲北征
公踵軍門上謁延入與語兵事大悦即奏借行至中
山會契丹圍城甚急用公之策卒却拒之於是天子
曰契丹犯塞河北士子　躬被甲胄扞敵有功令天
下貢舉已畢朕怜夫北方賢士大夫不得以時充貢
其皆召試賜第公由是解褐補符離尉縣多寇盜吏
卒單弱公將率驍士乃禽馘七十餘人闔境清肅改
清河主簿考满吏民群詣轉運使所請留詔聽更留
成資而去遷遂州録事参軍本道論薦召對爲大理
寺丞知大名縣事尋除通判某州事入朝遷太子中
舍國家以前世故事分文武百官爲二塗其遷次任
使皆不相参涉有願相移易者聽之以公素善武事

加習邊務遂改供備庫副使知威勝軍事繼典嵐莫石鳳夔五州皆著聲績官歷東染院洛苑二副使其在夔州兼夔梓兩路兵馬都提舉諸州巡檢兵甲事久之上表乞朝因言邊防民政諸利害稱旨遷左騏驥副使同提點湖南兩浙刑獄公事年七十四以慶曆二年十月十三日終於長沙官舍公始雖學術爲文吏而性好勇有智略晚年夏寇苦邊諸將多敗北無功聞之歎曰吾以布衣起家至方伯承兩朝恩渥不可勝紀家近趙魏粗習兵略今狂虜驕慢侵擾邊場而吾老病不得荷戈前驅以報万一豈非命也然卒不得盡其志嗚呼哀哉夫人張氏先公卽世子四人師古果州團練判官師顔衛州司法參軍事夢臣

獲嘉縣主簿李子師說及孫孝先曾孫升元皆三班借職餘孫若干人未官公之在荆湖也夢臣爲三班奉職以公高年多疾求告省侍朝廷以武吏求省侍無故事不許即乞改文職歸省方許之行及苑葉間聞喪號泣晝夜奔走凡七日行千三百里近世宦遠方而滅者子孫多焚其柩以燼歸葬相習爲常無譏誚者夢臣獨奮曰爲人子孫忍此又豈人心也哉自長沙數千里奉歸嗚呼其信知義而斷不與流俗者夫古人稱善者其身不耀必在子孫豈信然某月日葬於某所先府君之兆夫人張氏祔某鄉邑於公近又久承公知之故知公之始終行己於他人爲悉其諸子以碣文爲請某何敢辭謹銘曰 銘闕

右班殿直傅君墓誌銘

熙寧二年春傅欽之遺某書曰昔我王考材氣過人官不遂以没堯俞幼鞠於王妣以至成人恩隱殊厚堯俞或以事夜艾未寢王妣常危坐待之及仕而之四方王妣不見再逾月則憂念氣濇而成癰逮王妣之亡竭堯俞之泣不足以償癰之血也今將以某月某日舉吾王考妣之柩葬於靈源吾嘗與子同在禁省子幸而知我必爲我銘其墓子苟自謂不能是愛其必頃之勤而使我抱終身之恨非仁人之爲也某讀之愧且懼復書曰子以義責某某何敢辭然門内之美某不得而知也子爲某叙其事以來某謹條次之則可矣有間欽之以其狀來曰君諱某字寶臣其

先大名内黄人世爲富家曾祖考諱思進始讀書爲儒祖考諱凝贈庫部員外郎考諱世隆以春秋二傳登科官至駕部員外郎知邛州事始家於鄆君向通尚書屢舉不中第用親蔭補三班奉職累遷至右班殿直勑監澶州酒稅歷齊州離濟寨酒稅廬州巡檢以事去官後監趙州倉知定州新樂縣復以事去官已而監博州酒稅以疾罷歸明道元年十月十日終於家壽六十一君爲人慷慨方嚴家之子弟雖甚愛之不命坐不敢坐其當官明敏果斷新樂有西山寇來卒二百人謀劫其縣大呼自南門入君率左右操白挺逆之至則叱使坐卒不意君遽出皆愕然不敢動君因罵之曰餓兵欲奚爲捽其爲魁者數人杖之

名數十而縱之皆俯首去不敢出聲然不能與世浮沉平視貴要若無人故所至齟齬且老益窮困發狂疾去官歸卧一歲所忽起召家人與訣語言如平生人乃疑其非狂也故相國王沂公爲諸生家居未與人接君即以公輔器之而果然人不知其何用知之也夫人霍氏國子博士致仕若拙之孫篤於慈孝其父亡夫人未知之獨視雲煙草木皆慘悽變色泣下不能自止逾月而訃至後君二十二年年八十一而終男其仕至山南東道節度推官知磁州昭德縣事贈工部郎中二女其長者蚤世幼適楊氏孫七人長曰堯俞字欽之今爲兵部員外郎次舜俞郊社齋郎次君俞未仕余皆早世欽之爲諫官處大義正直無

所顧避朝廷不能用其言除知雜御史欽之固辭不肯拜必求得罪以去知和州聲振天下嗚呼得非承其祖之風烈耶欽之以夫人嘗至濟源愛其土風遂葬焉銘曰

氣直志剛　難進易傷　善抑不揚
其後必昌　皆理之常

## 縉雲縣尉張公墓誌銘

故翰林學士張公有子曰某前公若干年卒殯楚州後若干年與公皆葬襄城時皇祐五年閏月甲申也其弟大理寺丞某亦以治行來求銘某獲交侍讀公爲日久又與君之兄弟遊今豈不敢以愚陋辭而不爲姑撰次其所聞納諸壙君字仲倩其世家鄉黨見於

侍讀公之碑君從嘗學年十五志節皦皦出衆人有
從母嫠居將從其父於保寧軍子幼不能自致君奮
曰人母子單弱如此於以涉遠我獨何心坐視之耶
即日從母子請從之以母疑其尚少然聞其言甚悅即
遣之君冒盛寒往返數千里曾不爲勞人皆歎其仁
而有立以蔭補太廟齋郎及長調縉雲縣尉治有聲
迹縣有淫祠曰五通人嚴事之歲旱君遍禱祈祀不
及五通吏民以爲請君不得已強往禱且卜之巫曰
不吉必無雨比歸雨大至君歎曰果然雨不雨非妖
鬼事也而敢屢妄爲變怪以驚愚民是不可不除即部
吏卒燒焚其祠捽土偶人投江中歲亦大熟官滿歸
道病或請留傳舍俟愈而行君曰吾官遠方不獲侍

親之左右四年于此矣今幸歸去合見吾親而死吾瞑目矣又何可留趣舟而前及楚州卒年二十八娶袁氏故諫議大夫煒之孫生二男綱試將作監主簿繼太常寺太祝二女其幼者早夭初侍讀公有五子某知其三人焉而不及識君三者皆甚才然猶自謂不如也侍讀公没兄弟寓居汝潁間食口衆無宅田以自給感泣曰縉雲在吾屬豈憂此乎惜其知力足賴而不遺其澤也嗚呼使顯於朝而考所施設豈若是而已哉銘曰

菀彼嘉木　煒煒其華　實而未碩
孰披之何　人之明果　胡壽不遐
思而悲者　豈伊其家

## 大理寺丞龐之道墓誌銘

龐之道名元魯故相國潁公之元子妣曰嘉興縣君邊氏其鄉里世系見於潁公之志且自天聖中先君與潁公皆爲群牧判官居相近某朝夕與之道遊兄事之之道時尚幼性明潁於文辭不待力學而後能讀書初如不措意已盡得其要思前輩見之皆驚歎某年不相遠自視如土瓦之望珠玉潁公爲廣南東路轉運使奏之道試秘書省校書郎及爲知雜御史又奏守將作監主簿景祐五年某亦與之道同登進士第之道簽書懷州判官事未幾徙知河南縣事縣多豪貴家素號難治之道繩案無所避豪貴爲之斂手徙簽書河中府判官事後數年

其過河陽問於野人曰龐君爲治何如曰明而有斷
又問令宰曰不及龐君遠矣乃知野人最不可欺而
議論甚公也頼公爲鄜延經略安撫使奏之道掌機
宜文字時方用兵文書塡委或中宵不得寐頼公入
爲樞密副使欲奏其勞爲之求外貸之道辭曰將吏
有功者頼夫人不悉奏之元魯不足言也頼公喜而從
之久之以大理寺丞監國子監書庫慶曆七年五月
戊寅以疾終年三十二殯於薦嚴佛舍之道事繼母
劉夫人盡畜誼若盜終無閒言及没哭之皆哀不自
勝終頼公之世親友不敢語及公未嘗不悲慟始某
知之道篤於學歷及過河南又得其爲政焉其没也
益知之道若友之行深矣先娶孫氏故都官員外郎

道之女兼娶袁氏今吏部侍郎致仕存之女一女早卒孫燕二嘉祐八年六月壬申弟元英遷之道柩葬於雍丘潁公之墓側請以孫氏其爲之銘曰

學施于治　孝友兼美　官不登朝　没纔壯齒

如某何人　榮禄及此　噫于固不足言直命而已矣

利州判官杜君墓誌銘

嘉祐二年秋某在京師進士杜知臣衰絰泣來言曰六人昔以進士得見於先公又與于遊最久今一不幸而没子爲我銘其墓幸甚既而因辭以不文一不敢爲知臣固請曰他人知臣不深不敢請故惟子之歸某乃曰然則願聞子先君世系治行之詳知臣退以其狀來曰君諱陟字從聖其先自成都徙長江曾大父禮六

父諱皆不仕父昭文遂州長吏君少好古學無所不
闚著化坊三十一篇言王者以教化坊民之道應曆
初天子詔諸州皆立學擇其士之賢有行者爲之師
州人共推杜君君以孝友舉進士有司失之卒以三禮釋
褐選補龔道尉考滿遷利州軍事判官力於吏民轉運
使堪點刑獄交章薦之會屬官有以蔽贓敗者怨恨
反誣訟君坐罷官去君詣闕欲自理未幾遇疾以八
月己巳終於里舍年五十有七娶譚氏生三子男知
臣以公長適六宗建幼適姚甲皆舉進士嗚呼杜君觀
其所學與所以爲書其志豈欲如是而止哉卒無遇以
窮斯可哀也知臣負以其喪歸葬其以年月日葬某地銘曰
學之也勤　守之也專　仕進迍邅

又不永年嗚呼孰知其然必歸于天

## 王城縣君楊氏墓誌銘

夫人姓楊氏故尚書工部郎中直史館韓公之配也公之世系事業龍圖閣直學士郭公誌之矣夫人之先在唐爲盛族居靖恭坊五代之亂衣冠之緒零落殆盡唯靖恭楊氏徙家于吳世有顯人迄于今不絶考諱脫仕至尚書司封郎中精於吏治所至著聲迹始韓公娶夫人之妹生男鑑鐸及二女不幸早世公曰楊氏名家吾既謀於宗而卜於廟矣不可易也遂後請婚於夫人夫人年若干歸韓氏生男鎮鉞初封真定後更封王城縣君爲人慈和淵静不喜聲色自少及長家人伺其動静語默皆有常度未嘗移也其

視六子衣服飲食無絲毫薄厚六子亦相與親愛如
一雖中外親姻莫知其爲異母也年三十九而喪韓
公三年不茹葷自是閉閤深居日誦佛書不復有自
娛樂之意年五十以至和三年三月乙亥終其五月
壬申祔于公之墓時鑑爲某官鐸爲某官鎮爲某官
鈇已前卒鐸與某遊素久因狀夫人之行命某爲之
銘某不得辭銘曰

久矣夫人　德則均一而行有常耶
承祖之休　宜于夫家而壽不將耶

增廣司馬温公全集卷第一百十一

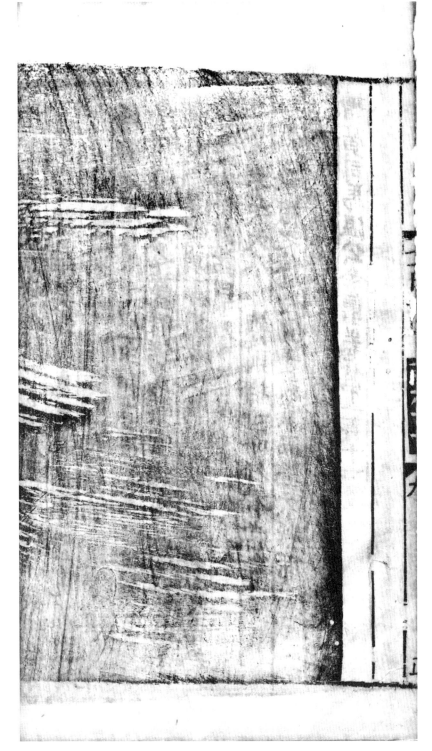

# 增廣司馬溫公全集卷一百十二

## 墓誌

太子太保龐公墓誌銘

禮部侍郎張公墓誌銘

### 太子太保龐公墓誌銘

公諱籍字醇之其先出於周之畢公因邑命氏近世自鄆徙單之武城曾祖考諱某贈太師中書令妣何氏封越國夫人祖考諱某贈太師中書令兼尚書令妣某氏封秦國太夫人考諱某贈太師兼中書令妣某氏封魏國太夫人自秦公以往仍世不仕魏公始以通春秋仕至國子博士公幼敏達工文辭書無

不觀舉進士上第釋褐黄州司理參軍秩滿居魏公憂服除調江州判官未之官用舉者除開封府兵曹參軍諸兄欲分魏公遺產公曰吾幸有禄盡以讓二兄一錢不取知府事薛公奎素名威嚴少許可獨見公而器之待遇甚厚謂曰公他日必致公輔余不及也仍舉之法曹頃之為大理寺丞知襄邑縣召還編天聖勅授刑部詳覆官會群牧判官缺是時章獻太后臨朝用中旨求之者以十數執政患之謀曰得孤寒中有聲望才節可以服人者與之則中旨可塞矣乃以公名進太后果從之仍改服銀緋久之出知秀州事明道中召入為殿中侍御史章獻太后崩章惠太后欲踵之臨朝公燔閤門所掌垂簾儀科以沮其

謀當時服其敢言先帝始專万機富於春秋左右欲以其巧自媚後宮飾珠玉之工頗盛於前日公上言令螽蝗為災民憂轉死北有耶律西有拓跋陛下安得不以儉約為師奢靡為戒重惜國用以徇民之急上深納其言中丞孔公道輔嘗謂人曰今之御史多承望要人風指陰為之用獨龐公天子御史耳欲授開封府判官尚美人方有寵遣宦者稱教旨免工人市縣公上言祖宗以來未有美人敢稱教旨干撓府政者上怒杖宦者切責美人仍詔諸官府自今有傳宮中之命者皆毋得施行龍圖閣學士范諷喜放曠不遵禮法士大夫多慕效之又為姦利事公乃屢要劾奏其狀不報會除祠部員外郎廣南東路轉運使

將之官復奏言之且曰苟不懲治則敗乱風俗將如西晉之季不可不察有詔置獄以覈其實獄成謫坐貶鄂州行軍司馬仍下詔戒天下風俗上欲還公御史而以貶逐大臣之故亦以公為太常博士知臨江軍至官未百日復遷祠部員外郎福建路轉運使景祐三年以侍御史召還執政奏擬户部判官上曰龐某止可三司判官耶後九日除刑部員外郎兼侍御史知雜事改服金紫尋判大理寺糾察在京刑獄知審官院在臺中二年執政奏擬户部副使上曰龐某豈特以常塗進之遂擢為天章閣待制拓跋元昊僭乱陝右騷動公奉使躰量安撫還未幾出知汝州事數月徙知同州事尋授陝右都轉運使慶曆元年延

安缺帥以公為龍圖閣直學士知延州事尋加鄜延路馬部軍都部署經略安撫緣邊招討等使明年除延州觀察使五辭不授復遷諫議大夫職任如故延安自五龍川之敗戎落民居焚掠幾盡距郭無幾悉為寇境人心危懼公至補綻茹陋聚用增備撫民以仁馭軍以嚴戍兵近十万未有壁壘多寄止民家無秋毫敢犯民者諸將欲出兵公召問方略取其所長而誨其所短告以賞罰已而必行由是諸將莫敢不盡力出輒有功是時元昊數犯邊覆軍殺將而獨不近鄜間或小人輒以敗去故地為虜所據者公悉逐之築十一城於險要其腹中可食之田盡募民耕之延安遂為樂土會朝廷益厭兵欲赦元昊之罪以詔書

命公招懷之公曰虜驟勝方驕若中國自遣人說之彼益偃蹇不可與言先是元昊用之臣野利旺榮遣其牙校李文貴來公留之於邊至是召之自從公所諭以逆順禍福遣還文貴尋以旺榮曹偶四人書來用敵國修好之禮公以其不遜未敢復書請於朝朝廷急於息民命公復之書開延而勿拒稱旺榮等為太尉且曰元昊果肯稱臣雖仍其僭名可也公上言僭名禮不可容臣不敢奉詔太尉天子上公非陪臣所得稱今方抑止其僭而稱其臣下為公恐虜滋驕不可得臣旺榮等與臣書自稱謨寧令謨寧令此虜中之官中國不能知其義可以無嫌臣輒從而稱之朝廷善之旺榮等又請用小國事大國之禮公曰此

非邊帥所敢知也而主若遣使者奉表以来乃敢導
致於朝廷耳是時朝廷方修復涇原公恐虜猝犯之
敗其功乃留連其使數與之議雖抑之其僭亦不
决然絶也如是踰年元昊乃遣其伊州刺史賀從勗
来自稱男邦面令兀卒郎霄上書父大宋皇帝公使
謂之曰天子至尊荆王叔父也猶奉表稱臣今名體
未正不敢以聞從勗曰子事父猶臣事君也使從勗
至京師而天子不許請更歸議之公上言虜自背叛
以来雖每戰得氣然喪和市之利民甚愁困今其辭
禮稍順必誠有效事中國之心願聽從勗詣闕更選
使者往至其國詔旨抑之彼必稱臣凡名稱禮數及
求丐之物當力加裁損必不得已乃少許之若所求

不違恐狃復之心夫其劉獻也朝廷皆從其策元昊果稱臣冊命為夏國主上以西鄙之寧皆公之功乃寄詔諭以兩府有闕當補之四年遂入為樞密副使公在延州治州城及諸寨皆募蕃軍為之軍行出塞則使因糧於敵焉芻皆自刈之還畀其直民無飛輓之勞及去民遮道泣曰公用兵數年未嘗以一事煩民雖以一子為香焚之猶不足報也追送數驛乃去公居樞府上言陝西用兵以來用度大廣請遣使者檢省邊費上從之所省逾半八年參知政事皇祐元年以工部侍郎為樞密使公以近世養兵之弊在於多而不精故國用困竭與丞相合議大加簡閱於是中外言者鼎沸以為必生大變上亦疑焉公曰万一

有一夫枉訴臣請以百口償之卒行其策是歲減省
八万餘人三司粮賜皆有餘矣三年同中書門下平
章事文兼昭文館大學士公為相專以公忠便家國
為事不以官爵則養私交取聲譽言端明殿學士程公戡
知益州將行〻賈公諭之戡還當處以兩府公曰茲
事出於上恩臣不敢與聞卒不與程言廣源蠻儂智
高反毒徧嶺南王師數不利詔以樞密院副使狄青
為宣撫使以討之言事者以青武人不足專任固請
以侍從之臣為之副〻以訪公公曰屬者王師所以
屢敗皆由大將權輕偏裨人人自用遇或進或退力
不能制也今青起於行伍若以侍從之臣副之彼
視青蔑如也青之號令[illegible]不可得是猶循車之軌青

素名善戰今以二府將大兵討賊若又不勝不惟嶺南非陛下之有荊湖江南皆可憂矣禍難之起未見其涯不可不慎青在鄜延居白麾下沉勇有智略昔東以智高憂之使青先以威齊衆而後用之必能辦賊幸陛下勿以爲憂也上曰善於是詔領南皆當書節度事平蠻置民間則與樞密直學士孫沔等議之青至嶺南斬敗軍將校數人進擊智高於邕州大敗之智高奔大理捷書至上喜謂公曰嶺南非卿執議之堅不能定今日皆卿功也青還上欲以爲樞密使同平章事公曰昔曹彬平江南太祖謂之曰朕欲以卿爲師相然今外敵尚多卿爲使相安肯爲朕盡死力耶賜錢二億而已今青雖有功未若彬之大若賞

以此官則富貴極矣畢曰復有寇盜旨更立功將以何官賞之青起軍中致位二府衆論紛然以為国朝未有此比今幸而立功詬者方息若又賞之太過是復使青得罪於衆人也臣所言非徒為国體亦為青謀也爭之累日上乃許之加青檢校官遷護国軍節度使河中尹仍賜其諸子官既而内外官訟青功以為賞薄者多上重於違衆復以青為樞密使其後青卒以官盛為世所疑近世臺官進用太速公舉舊制御史秩滿以大藩處之内侍省都知任守忠侍上久求領節度使上以問公公曰自宋興以來未有内臣為節度使者陛下至孝凡祭祀文物事有毫髮闕於宗廟者未嘗不兢兢不懌況祖宗典法又可隳廢耶上

乃止由是内外怨疾頗衆會道士趙清貺與公有瓜
葛親與堂吏通謀受人賂許為之求官公聞之奏捕
清貺及堂吏繫獄窮治其姦杖而流之清貺行數日
而斃於道言事者乘此爭詆毁公協力排之始以為
公私於清貺未言殺以滅口上雖知公無罪欲厭言
者之心五年命以户部侍郎知鄆州事兼京西東路安
撫使既而深悔之是歲上親祠南郊前月餘謂執政
曰龐某可就加觀文殿大學士速行之若過大禮是
與有罪者無以異也及詔出仍厚加賜賚契丹來求
上御容及例外事數條上以問執政皆相視莫能對
上悵然久之曰前者出龐某太忽忽蓋以公習知夷
狄能斷大事故也至和二年除昭德軍節度使永興

軍路安撫使知永興事未行又改河東路經略安撫
使知并州事嘉祐元年上得疾久未瘳中外憂懼公
上言比者陛下皇子繼夭宮坊虛位立嗣之義運有
明文願陛下深思祖宗統緒之重擇選宗室宜爲嗣
者速決聖志制命一出則群心大安恭承宗廟之孝
無大於此曰以寒儒荷陛下大恩位至將相是以冒
重禍而不疑不悔年垂七十逼於休退固無他望
陛下保万世之業懷生共登無窮之幸乃老臣之大願
後數年上遂定大策初公議麟州屈野水西有田與
夏虜錯接疆場不明數十年來虜盜耕之麟人不能
正也至是詔邊吏禁止之邊吏顧縣禁其民曰拓
跋氏稱臣奉貢不失臣禮今一不先以文告而遽縣禁

之使歸曲而責之豈非中國所以御戎夷狄也乃或以一旦
謹斥候毋得侵軼虜衆以義理撓之虜一不去公乃使人更
定疆埸又不至公曰虜仰吾和市如嬰兒之仰乳若
絕之虜心自來乃棄邊無與虜為市虜大窮乏奉書於
邊請復使更議疆埸使者至有月會管勾麟府軍馬
事郭恩恃其勇果與知麟州事武戩走馬承受公事
黃道元率兵不滿千人涉屈野水西一日忽遇生一六焉
戰嘗虜怨邊吏之累其民每聚衆在左右方餘於境上以待
邊吏不敢擊之以復其仇邊吏守公約束虜以飢疲
罷去者數矣至是或告虜在水西恩等不信虜衆遂襲
伏兵以擊恩等恩道元皆沒於虜戩脫走得歸公虜
以和市故猶遣使者來請退水西之田二十里公不

辭先是公命通判并州事司馬君之麟州與戩議邊事戩請乘虜罷兵之時築二堡於屈野之西以禁耕者且為州耳目某還以告公從之比往而虜兵已復聚戩不敢興役及敗乃言其　行視堡地為虜所攙以至失亡會虜遣道元歸朝廷命御史按之御史新拜官欲排擊大臣以為名移幕府取文書公以築堡之議某實與焉恐并獲罪乃留檄某之書以其餘與之御史遂劾奏公擅築堡於邊以敗師徒又匿制獄所取文書坐是解節鉞復以觀文殿大學士戶部侍郎知青州事兼京東東路安撫使某慮忤守闕上書具言其狀自請公斧鉞之誅朝廷不詰公又上書引咎自歸乞矜免某罪某卒不坐它日某見

公無所自容而公待之如故終身不復言始公在并州年甫七十亟欲告老會尤遷不敢至青半歲乃上表自陳朝廷不許遷尚書左丞徙知定州事并本路安撫使公過京入見上面陳至誠上曰新進之自畏法避事定州兵驕日久藉卿威名以鎮之卿勉爲朝廷行也公不得已請讓還左丞及至定一年而歸老上許之如期復請詔召還京師公陳請不已或謂公今精力克壯安所不及主上注意方享何遽引去若此之堅公曰必待筋力不支明主厭奪然後乃去是不得已豈止足之謂耶凡上表者凡手疏二十餘通朝廷不能奪五年聽以太子太保致仕公好學出於天性雖老不衰居家常讀書賦詩未嘗閑用此自娛

至忘飢渴寒暑子弟雖愛之甚常莊色以誨之閨門
宴居人不見其有惰容其爲治以愛民爲主明練法
令以平心處之常曰凡爲大吏尤宜祇畏繩墨豈特
自恃貴重乱天子法耶唯治軍差嚴有犯輒以便宜
從事或斷斬剠磔或累笞取斃軍中股栗然能察知
其勞苦至於廬舍飲食無不盡心爲之區處使皆完
美故所至士卒望風聳畏而終無怨心遇僚屬謙恭
和易有所關白茍可取雖文書已行立爲更易無愛
吝心八年三月丙午以疾薨于第年七十六時以上
不豫聞之震悼不能臨奠遣中使弔賻其家未踰月
宮車晏駕今上在亮陰故未及贈謚公先娶夫人邊
氏故樞密學士肅之女封嘉興縣君再娶劉氏供備

庫使承崇之女封彭國夫人子男五人長曰元魯進士第官至大理丞早終次元英太常博士次元崇內殿崇班次元中大理寺丞次元直大理評事女七人長適冀州六使陳琪封壽安縣君次適都官員外郎宋充國封德安縣君早終次適屯田員外郎程嗣封仁壽縣君次繼適宋充國封元康縣君次適大理評事趙彥昭封榮德縣君及幼女皆未嫁孤元英將以其年六月壬申葬公于雍丘之東山乃謂某曰公平生之愛莫子如也子當銘公墓某自知不文不敢辭噫其受公恩如此其大滅身不足以報然公之德烈載天下之耳目某不敢以一言私焉銘曰

顯允公德　柔嘉維則　敏而好學　果而不惑

函谷以西　幼艾嬉遊　邊鄙不聳　荷公之休
五嶺以南　復為王土　制勝廟堂　承公之祐
文服武取　動則有成　誰克知之　維天子明
天子爵禄　天子法度　怨憎孔多　公忠乃著
膂力未愆　辭榮以年　子衆而賢　受福之全
天之生公　以佐先帝　綴衣在庭　公適辭世
迹寶為文　刻石幽泉　身毀名傳　垂之億年

## 禮部尚書張公墓誌銘

熈寧四年三月癸巳禮部尚書致仕張公年八十八薨於異州私第其孤保孫狀公之功行遣使者走洛陽謂某曰公將以八月壬申葬子為我銘公之墓某既哭自惟辭鄙惡不足發明公事業然婚媾累世庶

知公之志於他人為詳用不敢辞公諱某字誠之其
先家於深州曾祖諱侑祖諱先偉贈太子中允父諱
文質贈尚書左僕射母太原郡太君王氏自僕射以
上皆不仕而家饒於財太平興國中契丹屢入塞僕
射以深州悪始徙居冀州明年深州陥公以景德二
年登進士第歷蜀州趙州司理遷安肅軍判官天禧
末詔銓司以直言書判取士應詔者五十餘人唯二
人中選而公與其一由是降除著作佐郎知朝城縣
寇忠愍公尹大名於僚吏中待公獨異曰觀君器業
他日必當遠到秩滿為開封司録出知牂臨縣通判
雄州王文康公為御史中丞薦公自屯田員外郎改
殿中侍御史彈劾不避貴戚遷兵部員外郎判鹽鐵

句院明道二年京東大飢選公轉運使賑救有方優
詔褒美就賜紫衣金魚閒一歲徙陜西又徙河北牽按
貪橫風迹益顯景祐四年入爲戶部副使尋元昊僭
乱西鄙騷動詔以公爲天章閣待制陜西都轉運使
諸將進攻取之策公上言戎狄狂僭自古有之今兵出
征臣恐生民偏受其弊若元昊果有悛悔懷服之心
無他邀求雖名号未正臣謂亦可闊略與其責虛名
於戎狄曷若振實弊於生民也朝廷雖不即從其後
綏撫元昊亦如公策康定元年遷龍圖閣學士知延
州是時太夫人高年被疾公難於遠離而不敢辭朝
廷責公不即之官復以待制知澤州明年徙知成德
軍遭太夫人憂有詔起令視事懇還學士職公上言

契丹與元昊為昏恐陰謀相首尾河北城久不利宜留意會契丹聚兵塞上求關南地慶曆二年詔以公為河北都轉運使悉城河北諸州契丹講解復知成德軍明年自兵部郎中遷右諫議大夫充河北都轉運使公辭以河北幸無事願以故官留成德詔從之明年徙知青州閒一歲入知審官院改知開封府明年出知成德軍未行改河北都轉運使公上言恩州守臣非其人州兵驕悍恐有意外之變不報俄遷陝西都轉運使恩州兵王則果作乱公坐失覺察明年左遷知汀州先是冀州男子李教醉酒妄言涉妖逆事覺自縊死教兄歆為公婿其怨家告歆父母因歆私屬公得免缘坐事下御史府案驗皆無實公猶以婚

家落學士自給事中降授左諫議大夫初貶江南尋徙知柳州皇祐元年復以給事中知洪州明年復爲學士在洪州三年入判流內銓知審官院出知澶州明年徙河北都轉運使至和元年徙知相州明年復知審官院嘉祐元年知邢州明年告老以吏部侍郎致仕家居凡十二年遇英宗即位及郊禮恩就遷三官爲禮部尚書公性孝友始罷蜀州歸得蜀奇繒物入門不以適私室悉布之堂上請太夫人及昆弟姊妹恣擇取之常曰兄弟夫之所生譬如手足不可離絕妻妾乃外舍之人柰何用外人而斷手足乎宗族雖甚疏遠其貧窶者無不收恤男女孤嫠者皆爲之婚嫁無一人失所者然爲人莊重雖家居常自整

飭衣冠不具不以見子孫與與語或至夜分不命之坐閨門之內肅然如官府事無小大皆有條理自始事至終老凡與客燕相接常垂足危坐或宴飲終日達夜未嘗稍傾倚有倦怠之色它人莫能為也其在官以精敏廉直爲朝廷所知故每有邊警及災害處多以公當之事無不集識量高遠能甄別人物前後薦舉僚吏數百人訖無一人敗官爲累者翰林鄭學士獬屢舉進士不中見公於湖州公曰君科名當爲天下第一得自有時勿以爲憂已而果然家本河北不習舟楫及謫官南方極江湖之險每值風濤家不勝愁怨公曰吾自省平生未愧心無可愧者神明必能衛我豈沉溺於此者怡然不以屑意在南方數年

夫人及子孫相繼物故者數人人知冀州將借嘗有憾於公之謫以事殘破公家至伐墓中栢以給道路他人謂公罹此禍憂患必不能濟公以道自寬卒無恙而反及借為儂爨所殺家人或有快之者公輒怒責公既納政還鄉里熙寧初河北地大震往往壞官府民居公方食案上器皆傾墜左右奔取公安坐自如徐曰地震常理何至驚遽如此時河浸怒強勢逼州城或勸公徙家邢公曰吾家衆所仰立也苟輕為舉動使一州吏民何以自安卒不從朝廷以優禮舊德五授其子保孫以冀州官保孫欲順適公意凡居處出入及燕待賓客奉養供帳之具皆具以公為二千石時公雖退居不自覺異於昔日也年逾八十耳目手足猶聰

明輕利飲食起居壯者或不能及嗟讀書至老而不衰臨終前一日呼門生問西邊用兵今何如朝廷法令無復變更否其忠愛之心蓋出天性非有為而為之也訃聞太常謚曰恭安夫人永安郡君劉氏先公亡二子長曰貽孫大理評事次曰保孫殿中丞五女長適前進士李歆次適供備庫副使馬貞永世次適端明殿學士司馬其次適供備庫使任永次適歷城主簿劉忠輔貽孫及適劉氏賈氏皆早卒公久在貴位宗族用公蔭補官者三十有餘人銘曰

福善之道　世或疑之　以公而觀　決無可疑

仁不違親　忠不忘君　立身謹嚴　當官恪勤

入踐臺閣　出臨藩服　自少通顯　逮于納祿

躬强無疾　資用常充　年壽九十　榮樂而終
竟綏眉釐　延于九族　歸全祖考　是謂全福

陽山集一百十二

# 增廣司馬温公全集卷一百十三

## 墓誌



### 龍圖閣直學士李公墓誌銘

公諱某字公表其先唐之宗室避亂入蜀家於邛之依政曾大父諱某大父諱某父諱憲皆不仕夭父以才行著鄉曲朝廷褒之号靜思處士公生三歲而孤

性謹敏過人只總教之書嚴其程課而出公遊戲自如比暮兄歸公塗惡書乘月視之一過立誦數千言兄由是奇之稍長善屬文尤工歌詩氣格豪邁景祐五年登進士爲天下第二除大理評事通判邠州事州人以公少年高科皆不以吏事期之公銳精爲治所處畫皆出人意表吏民大驚會夏虜寇西鄙劉平石元孫戰没邊人恟懼邠州城惡吏民謀内徙以避之時州無守將公攝州事即發民治州城僚吏固爭以事當言待報公曰虜將至闕外何暇顧文法爲身計耶且我實爲之有罪不尔累乃親度材庀用幾功董役不三旬而畢仁宗聞而嘉之下詔他州家備當完者視邠爲比官備召試集賢院歷判登聞鼓院吏

部南曹開封府推官修起居注失執政意出為京西轉運使復還修起居注判三司鹽鐵勾院時杜祁公為宰相多稱拔英俊寘之臺省不利祁公者指公為黨去遷知閬州事徙知北州事从之亂蠻寇荆湖朝廷鎮撫之上曰有館職善飲酒者為誰其材可用今安在宰相不能對上復曰是往歲城邵州者宰相即言公姓名乃除判湖南路轉運使公乘驛至邵陵令諸州皆按兵無得進討遣使諭蠻以禍福群蠻感悦皆罷兵要約束又召還修起居注糾察在京刑獄遂知制誥判吏部流内銓知審官院以龍圖閣直學士權知開封府事京師多老姦宿猾吏不能禽公推迹其物色起者一時録治略盡威令大行坐盜

入慈孝寺竊章獻皇后御容大珠徙提舉諸司庫務頃之遇疾皇祐四年八月癸未終於家年四十官累遷起居舍人公爲人疎明樂易倜儻不羈飲酒盡數斗不亂視金帛如糞壤篤於交友與之遊者久而益親之爲布衣時周遊四方識其土風人情故平生喜言爲治之體及用兵方略數數陳便宜書數上仁宗春秋浸高未有繼嗣公因侍祠高禖還奏賦大指言王者修身治國家遠嬖寵近柔良則神降之福子孫繁衍上深嘉納命内侍石全育宣詔慰撫之公家至貧及病亟自爲表言母老不終養以是累陛下上哀之賻恤甚厚時之士大夫無不惜公之志有餘而壽不給也夫人張氏封南陽郡君子男三人稷太子中

舍秬大理寺丞秠大常寺奉禮郎女四人長適皇城使劉永吉次適進士謝以微次早夭次未嫁其與公同年進士也稷狀公之治行命某爲之誌某不得辭銘曰

材氣以爲實　文孝以爲華　孤舉秀出　以大其家　千里之足羈靮所不能制　百圍之木鈎矩所不能加　功可大施　而壽祿不遐　嗚呼　天實使然　其又奚羲

## 清逸處士魏君墓誌銘

君諱閑字云夫世家于陝之東郊公諱野真宗皇帝時有大名累召終不能起贈著作佐郎君以書爲詩學鼓琴不樂仕進一遵著作君之志皇祐二年仁宗皇帝祀明堂詔天下求遺逸草萊年老德茂者知府

直史館李君昭遘薦君再世有高節上嘉之賜号清
逸處士嘉祐八年八月癸未終於家年八十四君自
始生至焉以當國家隆盛而偃兵無事之時家有舊田
廬君謹守而治之朝廷以著作君之賢復其子孫無
有所與以故沛然自足無衣食之累性不嗜酒謹潔
守法度然與人和浮沉閭里不自標揭以故其生也
人樂與之遊其沒也無㨾言齊縣之君或時延禮亦
與之往來然未嘗有毫髮之私以干之其政事出入
未嘗納於耳出於口也以故皆愛重之無厭倦少好
養生大要用此澹自守不以一物累其心以故視聽
步趨能老而不衰嗚呼今之名處士者多矣或力
爲奇譎以盜聲名万一僥幸欲欺愚俗取美官或交

遊在位依其名聲復射利以侵漁細民若是誰不仕
又況賢乎然則能保其福樂而逸於過咎有如君者
凡幾人耶君三娶曰臧氏曰趙氏曰皇甫氏子男一
人曰推女三人適進士梁懃張震左侍禁張宏孫男
二人曰潛曰滓先僕射與著作君相愛如昆弟其拜
君於髫齒之年今也其孤將以某年月日葬君於某
地來求銘其何敢辭銘曰
天長不息兮地大無疆　人寓其間兮細於毫芒
奪攘紛糾兮非愚則狂　惟君之生兮遯世寧昌
依承先德兮曄然有光　笥有餘衣兮廩有餘粮
養生有理兮行己有方　居不煩人兮遊不出鄉
逍遥自適兮既壽而康　視彼公侯兮金朱煌煌

憂勞没齒兮或罹夭殃　爲得孰多兮爲謀孰長

鄆州處士王君墓誌銘

至和中某從故丞相龐公鎮鄆州公命某典州學學生王大臨通經有行義某時愛重之後十五年王生来見某於京師曰大臨將以今年某月日葬其親於須城縣長山之麓子爲我銘墓某辭以拙於文生曰大臨遠来非有佗故怕銘之求朝士大夫以百數大臨無所措惟子之歸子得拒之卡隗其言不敢辭因曰頤聞先子之行生乃出其邑人試秘書省校書郎梁君壽之狀以受某曰君諱惟德字輔之始爲童子父行成於蜀君侍大父母撫諸弟以孝友聞治家如成人大父母終君親負土成墳終喪不嘗酒食肉父自

蜀歸家益富艾好散施君竭力以助之有所予必稱
父命以致之嘗舉三礼一試於礼部不中格喟然歸
不復就舉專以養生治經爲事著禮說二十卷性溫
厚喜善導人爲善鄉里謂之王君子有鬪者君徐以義
理辨告皆悅曰君子幸教我我何敢違即解去不復
詣吏年若干病亟嘆曰死生有命恨不得終子之道
以天聖五年十一月辛亥終再娶皆楊氏其後夫
人贈職方員外郎旦之女也能成君之志順適舅姑
使之終身無憂慍之容及老寢疾每祭祀猶強起執
事年若干以嘉祐五年十二月己巳終子男五人長
曰大順今爲剡縣主簿次未名次大同皆早世次宗
道次大臨女二人長適太學錄究劉應祥次亦早世

君既沒家甚貧矣臨以善講解爲諸生師月受俸於州學歲二千積而不用滿三十万乃舉兩世之柩而葬之某不及見君知其爲人知其子之賢尚梁君之言於是乎銘曰

孝乎親　友于其弟　家有餘　施及鄉里　人說其教　稱爲君子　嗚呼足以爲政　奚必仕

## 贈太常博士吳君墓誌銘

君之先世家金鄉曾大父諱貴不仕大父諱豫贈太常丞始葬洛陽無合鄉之尹甲父諱舊皆太平興國中進士及第以公直存敏立名朝廷數近權貴由是不得居中與大州官至侍御史亦葬尹里君諱元亨字子正用御史遺奏補太廟齋郎遷許州司士參軍

課永康尉歷河中府法曹參軍馮翊令馮翊華陰長以
漆沮爲境中閻洲上有美田民相與爭之五十餘年
吏不能決君檄華陰令會境上盡按兩鄉之籍編
其田執度以度之皆得其實自是民不敢復爭時人
稱之君爲人謹廉以誠長者處官不能飾智巧以罔
上故官久不遷官滿集吏部選除鄰水令還至家
遘疾抵知洛陽縣李宋卿宋卿延之縣舍以天聖元
年八月某日終年四十宋卿主辦其喪殯於永安
佛舍夫人聶氏秘閣校理聶震之女後君五年長男顯
先夫人二年皆不祿獨以男幾復年未冠及幼女一
人相與君家無一金之産幾復於孤貧中能自刻意
爲學取進士第今爲太常博士知蓬州事累恩官至

太常博士夫人封仙源縣太君，嫁其妹於比陽令李鶚。嘉祐五年秋，荆將之官，謂某曰：「幾復奉先君夫人之遺骸，常恐一不及續承祭祀。今幸有祿秩室家寄兗矣，念先君先夫人之久未葬，痛切不少忘于心。況又遠宦於蜀，猶忍置而去乎？將以八月某日葬於梁縣之新豐鄉西成里。子與我聶氏甥也，先君治行子皆知之，其為我撰銘。」某曰：「懼不能堪子之命，敢不諾？」銘曰：

御史之賢，顯大於世；及君恂恂，清德不墜；

迨君之終，家虧相繼；微蓬州之立，吳氏幾廢；

嗚呼！以君之慈良而沉抑不遂，宜其有嗣。

## 進士吳君墓誌銘

君諱顥字某其先金鄉人曾祖某贈太常丞祖某侍史父某隣水縣令贈大常博士隣水府君娶秘閣校理聶君女孩某爲從母府君之歿也先妣在鄭君喪絰來入門哭且拜問故人不哭先妣命與某處於是時君年尚未笄爲之言不育容觀謙讓論議慷慨讀書屬文才敏過人爲進士業其已完先泚業曰吾妹不幸早喪其良人今有是子也吾妹猶有望聞二歲君以疾卒於蒲殁年二十一先妣聞之哭曰吾妹何負於天使至此極也已而幾復負其喪殯於汾州佛舍後二十六年幾復爲太常博士乃奉其長喪葬於虞鄉縣從鄭州府君之兆時年月日也銘曰

得茵之秀　未實而朽　繫時之逢　無有美醜

骨去有依　下從先人　夫又何悲

# 增廣司馬温公全集卷一百十四

## 墓誌



### 右諫議大夫吕府君墓誌銘

府君諱誨字献可其先幽州安次人曾祖父諱琦晉兵部侍郎贈太師中書令尚書令祖諱端相太宗真

宗以太子太保薨謚正惠贈太師中書令伯祖諱餘
慶太祖時參知政事贈鎮南軍節度使各有功烈記
於史官父諱茍国子博士贈兵部侍郎母張氏追封
清河郡太君獻可幼孤自力為學家于洛陽性沈厚
不妄交遊洛陽士人往往不知識登進士第調浮梁
尉不之官歷旌德扶風主簿遷雲陽令改著作佐郎
知翼城縣從簽書定国軍節度判官通判捽州未至官
遭母喪服除知大通監兼交城縣召入為殿中侍御
史彈劾無所避兗国公主仁宗之愛主下嫁李瑋薄
其夫家嘗因忿恚夜開禁門入訴於上獻可奏宿衛不
得不嚴公主夜叩禁門閽者不當聽入并奏劾公主
閤宦者梁懷吉梁全一竄逐之會有新除樞密副使

者當時人有疑論獻可與其僚直以衆言陳上前謂
必不可留章十七上卒與之俱罷獻可得知[illegible]州久
之復召還臺英宗即位改起居舍人同知諫院時上
有疾太后權同聽政内侍都知任守忠久用事於中
上之立非守忠意乘此與其徒間構兩宮造播惡言
中外恟懼獻可遂上兩宮書開陳大義辭情切至由
是慈孝益篤議[illegible]得[illegible]上疾久未平獻可請早建
東宮以安人心[illegible]而上小[illegible]謙默未可一[illegible]事獻可屢
乞親万機覽[illegible]延[illegible]近臣通一[illegible]情又請[illegible]后間數日
一御東[illegible]遠廉務[illegible]謀安佚會小旱因請上親出
禱而俟外[illegible]釋然太后既[illegible]獻可復言於上今雖
專聽斷太[illegible]輔佐[illegible]帝女參閱天下事害之甚大者

猶宜闢白咨訪議復行云一不或專以報蓋德任守忠
謀不售而權乃更巧爲論諫表自今奏上戲一可曰是
不可久．臨之左右亟上言數其顧從臣惡并其黨史昭
錫竄於南方因上言大姦已去其餘獨日憑恃無禮
者宜一切統擯勿復以安反側頃之以兵部員外郎
兼侍御史知雜事議政建言欲如漢氏故事推尊濮
安懿王獻可率其僚吕誨極陳其不可且請治執政之罪
積十餘章不聽乃求自貶又十餘章懷知雜御史勑
告納上前曰臣言不用不敢居其位上重違大臣又
嘉臺官敢直言章留終不下還其來告屢詔令就職
獻可與僚屬具録所上奏草納中書稱不敢奉詔請
即罪上不得已聽以本官出知蘄州已而徙知晉州

今上即位加集賢殿修撰知河中府未幾召為刑部郎中充鹽鐵副使上素聞其強直擢為天章閣待制復知諫院遷諫議大夫權御史中丞是時有侍從官家居者朝野稱其材以為古今少倫天子引參大政衆皆喜於得人獻可獨以為不然衆莫不怪之居無何新為政者恃其才棄衆任己厭常為奇多變更祖宗法專汲汲斂民財所愛信引拔時或非其人天下大失望獻可屢爭不能得乃抗章悉條其過失曰誤天下蒼生必此人如久居廟堂必無安靜之理曰天下本無事但庸人擾之上遣使諭解獻可執之愈堅乃罷中丞出知鄧州獻可雖在外朝廷有大得失猶言之不置會有疾奏乞閑官歸鄉里朝旨未許乃

乞致仕詔提舉西京崇福宮到官又乞致仕許之以
熙寧四年五月丙午終於家年五十有八初正惠公
薨其家已益貧猷可既仕常分俸之半以給宗族之
孤嫠者室無餘資所以自奉養至瘉薄其治民主於
惠利而疾姦暴大抵槩以公平故所至人安之屢為
言職其奏章存可見者凡二百八十有九歷觀古人
有能得其一二已可載之列傳垂示後世在猷可曾
何足道今特舉其事係安危者書之至於進退口陳
之語不可得而聞也前後三逐皆以迕犯大臣所与
敵者莫非秉大權天子所信嚮氣勢軋天下猷可視
之若無所睹正色直辞指數其非不去不已旁側為
之股栗而猷可處之自如平居容貌語言恂恂和易

使之不得位於朝人不過以謹厚長者名之而已矣
及遇事苟義所當為疾趣徑前如救焚溺所不當為
畏避遠去如顧陷阱惟恐墜焉晚年病卧洛陽猶旦
夕憤歎以天下事為憂過於在位任其責者曾不念
其身之病子孫之貧也嗚呼今之世愛君憂民發於
誠心無所為而為之可為已而不已始終不變有如
献可者能幾人耶故其没之日天下識與不識皆咨
嗟痛惜彼其心豈獨私於献可哉献可始娶張氏故
丞相鄧公之孫後娶時氏故侍御史旦之孫封同安
郡君四男長曰由庚金水主簿次曰由聖將作監主
簿次曰由礼由誠皆未仕六女長適羅山令鞠承之
次適光禄寺丞吴安詩次適進士晁煇次蚤卒處者

二人以某年八月某日葬於伊闕先塋獻可病亟爲手書命某爲埋文某往省之至則目且瞑光復呼曰更有以見屬乎張目強視口無光出門而獻可没噫如某者烏足以副獻可之所待耶顧慕不得辭哭而爲銘銘曰

有宋名臣　正惠公之孫　以忠直敢言　克紹其門
位則不充　道則不負　年則不壽　名則不朽
嗚呼爲人臣　爲人嗣　終始無愧　能底于是
可謂備矣

虞部郎中李君墓誌

君之族出趙郡後家肥鄉令爲開封人曾祖考諱滔洺州團練判官贈中書令妣魯国太夫人苗氏祖考

諱炳侍御史贈尚書令妣陳国大夫人周氏考諱贇虞部員外郎贈司封員外郎妣扶風縣太君宋氏司封之兄沆以清重知治躰相真宗弟維以文辭髙仁宗初為翰林學士皆有傳在国史當丗士族咸榮慕之君諱某字漢臣早孤始以相国太夫人奏試将作監主簿初監汝州塩酒税在京茶庫西京粮料院遭扶風太君憂服除監南京麴院在京豊濟倉會入疾以国子博士分司西京尋又掌中嶽廟慶曆七年癸巳終於官舍年五十二公喜為詩有前人風格為人温良清謹睦於族姻厚於朋友故其生也人無與之為怨没也久而思之夫人聶氏秘閣挍理震之女封河陽縣君生六子男攸今為内殿承制女一適右班

殿直王裔一適屯田郎中朱處中一男二女早卒君之没攸與二處女皆幼家極貧夫人嫠居二十餘年撫育諸孤綱紀家事小大曲盡其宜李氏以復振熙寧二年六月戊午終於京師年七十五先是攸升朝贈君虞部郎中夫人封福昌縣太君攸所居官皆有能名異日必將有成者也某於夫人為姊子攸謂某曰將以今年某月日葬於洛陽賢相鄉之墓子宜爲之銘某不敢辭銘曰

生則人親之　没則人思之　誠不盡其中　其誰能得之
位則不充　壽則不融　宜其有子　以收以祀
以終厥祉

## 太常少卿司馬府君墓誌銘

君諱某字昭遠曾祖考諱某妣某氏祖考諱某妣某
氏考諱某追贈光祿卿妣某氏封永壽縣太君兄某舉
進士及第初命威勝軍判官調經州觀察推官監
監渭州酒稅務改大理寺丞知猗氏縣未幾簽書保
大軍節度判官事故相龐公為鄜延路經略使奏
兄通判鄜州官滿知渝州歷知慶成軍解房二州解
房皆未到官徙知商州自商還遂言一歸監若廟店宅務
丁永壽太君憂服除知鄜州以治平三年正月辛酉
終於州之廨寢享年六十有九累官至太常少卿兄為人
孝友居喪致毀寡言莊容貌而內守勤官在鄜州州長
武人皆多驕縱不法兄平居時與之燕遊語笑若無不
可者及臨公事則正色力爭必當曲理然後已州長雖

甚怒無知之何然知其無言已心亦不深怨也在渝
州其從兄趙實以傲很聞暴於一方於世雖在卑位常行
視天意氣如公州兄見造至閣獄因羈寅所妄繫
者近百人寅發之見二不覺既而詞禮倨慢兄亦不
與之較只之畏其浸自畝無謝服及寅官滿佛泣不去
兄早孤年幾三十乃仕以且周知民間情僞其爲政
務合民心有豪猾爲民害者痛繩以法愚弱不識理
者徐爲論解往往曉悟心說輸訟而去故所至民愛
慕去之久猶思詠不已然於其奉上官無過一分之禮每
罷官入京師多閉戶家居未嘗及權貴之門得審官
缺負榜於壁人久不取者輒受以去惟掌店宅時留
京師凡再期自餘率不過數月已去矣以是獨所治

之民知其才業之美而朝廷終無從知之它人或仕宦絶在兄後或才能出兄下遠甚以熟於時態往往取顯官兄處之晏然俱若不見聞者常曰吾以寒士積官至二千石自足矣何傒於人哉司馬氏同居累世宗族甚大兄爲之長凡二十餘年能施以恩無親踈賢不肖之間故人人無怨善爲詩多爲人傳誦夫人同郡魏氏封縣君故處士贈著作郎野之女處士名重於真宗朝列傳在国史夫人先兄十八年終於渝州享年若干子男二人雍太廟室長應試將作主簿女三人長適内殿承制雷周祐次適馮詡縣尉王溥早卒次適郊社齋郎崔頴兄終之歲某甲子與夫人合葬日之迫不暇請於他人故忍泣叙而銘之

其後兄二十一歲而生加之各從宦四方於兄治行不能得其詳姑録其所知者以傳永久不敢以一毫私也銘曰

壽雖未高不爲夭　官雖未顯不爲卑

德之和爲衆所慕　政之便爲民所知

仕不苟進兮於道无虧　兄兮何恨兮生者同悲　嗚呼哀哉

贈都官郎中司馬君墓誌銘

君諱某其先出自晉安平獻王自周隋之前家涑水之上至唐伏官臨吏降在畎畝曾祖諱林祖諱政父諱炳累世同爨食口甚衆父兄以君孝謹自幼以家事委之君晝夜服勤不遺餘力專以稼穡畜牧致饒給不事奇袤求業所獲悉以奉六親有餘則及鄉人

身無私焉年三十二以某年月日終以某年月日葬
於涑水南原先待制府君常歎曰吾兒之亡而家貧
使天下之民皆若吾兒之爲雖古至治之世何以尚
昔其無位而才不大施也夫人李氏同里人年二十
八而寡父母欲奪其志夫家尊嫜亦遣焉夫人自誓
不許惡衣蔬食躬執勤苦教畜二子長里次不幸早
世里登進士第累遷尚書都官郎中歷典數州贈君
官至都官郎中夫人封永壽縣太君夫人慈孝勤儉
中外宗族慕仰其德一無間言子爲二千石極其榮
養年八十三以某年月日終於京師某月日附君之
墓某不及事君而事夫人久敢書聞見之實而繫之
以銘銘曰

仕不得位　善無所施　勤儉于躬　家道已肥
宗族是賴　鄉黨是師　壽之多爽　命不可移
有配有子　後無棄基　淑德之攸　昭然不欺

駕部員外郎司馬府君墓誌銘

兄諱某字周卿曾大父諱某皆不仕父諱某以通毛詩屢應州舉名外禮部及兄登朝累贈衛尉卿母某氏追封某縣太君司馬氏累世聚居食常不減數十衛尉府君爲之長兄年十六衛尉即以家事委之衣食均贍宗族無間言衛尉得以優游自適十餘年而終兄用從父太尉府君蔭補郊社齋郎太尉以家事非兄不能辦未從聽官後數年乃調達州通川尉州有宜漢鹽井距州千餘里唯一谿僅通小舟可以往

来守井吏恃其險遠大爲利州遣往按之因爲之區
處利害凡再往返遂革其弊考滿除華州司理參軍
將驕貴數用私欲撓公法兄執不聽有幕僚性剛戾
自將以下皆惡之共文致其罪俾兄鞫之幕僚復上
書訟州官皆獲罪唯兄不染於辭人以是益知其公
平有驍騎十餘卒犯罪謀之去監押捕獲之誣云共
圖不軌欲殺之以求功賞州官信之謂兄必考掠取
伏兄不從據實鞫之皆止杖罪餘因負冤得直者甚
衆旣而遭繼母郭氏憂去官直冤者或炷香於頂臂
以送之服除授解州聞喜縣尉用薦者遷大理寺丞
知河中府倚氏縣徙閬州新井縣通判鄧均二州先
是房州竹山有金谿出金甚多山谷窮僻人跡罕至

豪族專其利監司欲命官置場市之皆憚其險辭不行特兄年已踰六十奮曰利其禄而避其勞可乎遂往躋攀崖巘看之終盡條目使公私俱利仍每月一按行凡歲乃還遷均州秩滿徙知梁山軍累官至駕部員外郎年甫七十躬力尚強即求致仕詔補子廣郊社齋郎廣爲虢州盧氏主簿迎兄之官以熙寧八年十二月戊子朔暴得疾己丑終於官舍年七十有三兄爲人沉厚寬裕喜慍不形於外少時家貧有衣一笥衣笥夜遺火比家人覺狼狽救之笥衣已盡兄卧不起家人尤之曰燒衣蕩盡何心尚安卧耶兄曰衣已燒矣起視何益轉枕復寢人皆服其度量子孫僕役有過徐訓諭之不輕詈辱然當官直能知小民情

僞吏不敢以絲毫欺也雖練習條律令而不爲峭刻斷獄必求厭人心摧抑強猾扶衛愚弱所治職事皆有方略或素號繁劇者兄處之常有餘暇氣色不動而衆務修舉廷中永晝寂无人聲其下猶畏而愛之去之猶見思從仕三十餘年未嘗有過失性恬靜不自矜與譽故人知之者亦鮮無所超越循常調終身兄不憾也其奉養儉素自爲布衣至二千石飲啜服用未嘗少異與鄉人居和易簡靜故没之日聞者莫不嘆惜先娶某氏早終再娶張氏鄜州助教震之女柔靜慈良宜於族姻封清河縣君治平二年終於鄧州年五十八子男四人曰齊曰庭曰廣曰旁庭號州號略尉女四人長適解人樊景讓次適陝人張安仁次

二女皆未嫁早夭齊等以熙寧九年壬寅奉兄及嫂
喪葬於夏縣先塋之西南某以期日之迫不暇請
於時之賢士大夫自爲之銘曰

廓然有容　頽然無爭　所莅之政
不順而成　去久而人益思　無求而人莫知
年至歸休　終始無虧

殿中丞薛府君墓誌銘

魏晉之間薛氏始自蜀徙河東有部曲數千家永嘉
之亂保河汾以自固歷劉石符氏莫能臣姚秦元魏
以來始出仕爲公侯卿相者比肩並起入唐尤盛号
爲甲族然率因遊宦去鄉里惟府君之先至今留居
河東唐衰薛氏中微曾祖考諱昉不仕祖考諱允恭

贈諫議大夫考諱田贈樞密直學士右諫議大夫贈
太尉其行義功烈皆見於宋宣獻公所爲太尉[illegible]
碑府君諱儀字式之太尉公之第二子始以父蔭[illegible]
太廟齋郎又將作監主簿太尉公知益州奏府君[illegible]
鳳翔府商稅從知河東縣府君年少河東士民皆鄉
里長老然素嚴憚府君不敢干以私府君御之亦不
失恩義之中以父憂去官服除知鄜縣從知安邑通
判渭州州將武人不能謹廉州大吏郝正者持其陰
事招權受賕莫敢詰府君至以正罪惡言於將請治
之將内窘私以情告府君曰某止欲去惡吏耳必不
使及君將亦知府君不欺即移疾以州事屬府君乃
發正私出塞市馬收案伏法將不深於辭深德府君

且內慙自是悉委事於府君後將知府君賢亦委以事如前將既而其官張君元除知渭州或謂府君曰君自到渭名雖州佐其實將也張君有守而尚氣到必不爲君下彼不可以文法拘也君宜於事一無所與庶幾自免府君喟然歎曰吾推忠信正直之心以事人豈好犯上而專事耶今張君來吾猶是心也使張君賢必不我怨如其不賢吾獲罪亦命而已矣豈可因人而變其守哉及張君至處事有失府君力爭如故必當理而後止僚吏皆爲之懼張君初無言久之乃於廣坐謂衆曰元書忠義與身俱生遇事輒發不能顧慮故數爲小人所陷使爲元佐者皆如薛君元復何患於是聞者皆服張君之賢而重府君之守

是時元昊數寇邊覆殺軍將朝廷患之乃命范文正
公爲鄜延招討使以張君知鄜州爲范公之副張君
即具奏府君在渭州所以佐己之狀乞移通判鄜州
朝廷許之而府君母馮翊郡君党氏春秋高多疾顧
戀鄉里不肯隨諸子之官府君兄弟用太尉公恩得
官河中者適皆罷去府君乃同辭鄜州願監河中鹽
稅以便親既得請范公遽上奏曰朝廷從薛某之欲
於其私固便然甚非張亢求與共事之意乞以薛某
還元仍爲從其兄或弟一人官於鄉里以慰其心朝
廷既以府君弟倈知河東縣還鄜州府君不得已之
官張君患州城大而處勢卑難以待敵欲遷就伏龜
山計功數千万時虜乘勝深入而州無役兵欲以戰

士筑之衆咸以爲難府君獨以爲可張君書曰薛君
謂之可事無不成矣役始興而張君病失音府君外
備寇敵内董役事人不知張君之病也城民至今賴
之歲餘徙知深州遭母憂服除知商州慶曆八年閏
月庚戌終於州廨年五十一先是屬縣宰有建言商
山産銅請置監鑄錢朝廷下其議轉運使有是之者
府君上言朝廷前置阜民監於州境洪産冶鑄錢未
幾年鐵已將竭其監當廢況又益置銅産尤薄恐徒
勞費無益請以所得銅於舊監鑄錢銅竭而止言交
上久不决會府君没宰之説遂行縣官之費甚廣而
銅尋竭如府君言宰坐抵罪府君吾家孝友自幼能
屬文始習律賦語章即高奇驚人然不肯從進士舉

嘗著蠧蟲賦以制世之嗜外物而忘其苦者又以爲
事之當慎者莫若言動交進名乃著五慎文以自儆
觀是二文足以知其志趣矣初娶唐氏天章閣待制
肅之女生一女適殿中丞趙士寧又娶劉氏左諫議
大夫綜之孫又娶李氏直集賢院建中之孫又娶陳
氏司農卿宗元之女生二子長曰昌朝縣太子中允
監察御史裏行坐正論不阿黜爲大理寺丞次曰昌
期早卒二女長適秘書省校書郎張照次早卒昌期
將以熙寧五年正月某甲子葬府君於本縣趙行村
請直龍圖閣趙尚狀其治行以授某使爲之誌昔者
先子嘗獲知於太府公從兄里德府君於鄜州幕某
嘗拜府君於兄舍以是頗知府君之爲人府君容貌

溫恭而內守堅正不可奪移語言無機巧蔽匿而明
察物情其志常在利民而深疾蠹惡故所至上官信
之僚友親之下民愛之令也幸使某誌其墓某旣取
趙君之狀詮次之又敢私附其言云銘曰
逆意宜疎而或以之親阿意宜合而或以之離蓋
至誠可以待無窮而辭色不過欺一時嗚呼介如
薛君以忠信正直爲心夫又何施而不宜

# 增廣司馬温公全集卷一百十五

## 行狀

蘇内翰

公諱光字君實其先河内人晉安平獻王孚之後王之裔孫征東大將軍陽始葬今陝州夏縣涑水鄉子孫因家焉高祖曾祖皆以五代衰亂不仕富平府君始舉進士没於縣令皆以氣節聞於鄉里而天章公以文學行義事真宗仁宗為轉運使御史知雜事三司副使歷知鳳翔河中同杭虢晉六州以清直仁厚聞於天下號稱一時名臣公自兒童凛然如成人七歲聞講左氏春秋大愛之退為家人講即了其大義自是手不釋書至不知飢渴寒暑年十五書無所不

通文詞醇深有西漢風天章公當任子次及公公推與二從兄然後受補郊社齋郎再奏將作監主簿年二十舉進士甲科改奉禮郎以天章公在杭辭所遷官求簽書蘇州判官事以便親許之未上丁太夫人憂未除丁天章公憂執喪累年毀瘠如禮服除簽書武成軍判官事改大理評事為國子直講遷本寺丞故相龐籍名知人始與天章公遊見公而奇之及是爲樞密副使薦公召試館閣校勘同知太常禮院中官麥允言死詔以允言有軍功特給鹵簿公言孔子不以名器假人繁纓以朝且猶不可允言近習之臣非有元勳大勞而贈以三公之官給以一品鹵簿其爲繁纓不亦大乎故相夏竦薨詔賜謚文正公言謚之

羡者及於文正竦何人可以當此書再上改謚文莊遷殿中丞除史館檢討修日曆改集賢校理龐籍爲鄜州徙并州皆辟公通判州事公感籍知己爲盡力騎趙元昊治巨河東貧甚官苦貴糴而民疲於遠輸麟州窟野河西多良田皆故漢地公私雜耕天聖中始禁田河西者虜乃得稍蠶食其地俯窺麟州爲河東憂籍請公往按視公爲畫五策宜因川中舊兵益禁軍三千廂軍五百築二堡河西可使堡外三十里虜不敢田則州西六十里無虜矣募民有能耕麟州閑田者復其稅役十五年能耕窟野河西者長復之耕者必衆官雖無所得而糴自賤可以漸紓河東之民籍移麟州如公言而兵官郭恩勇且狂夜開城門引

千餘人渡河載酒食不為戰備遇敵死之議者歸非於籍罷節度使知青州公守闕三上書乞獨坐其事不報籍初不以此望公而公深以自咎籍既没升堂拜其妻如母撫其子如昆弟時人兩賢之改太常博士祠部員外郎直秘閣判吏部南曹遷開封府推官賜五品服交趾貢異獸謂之麟公言真偽不可知使其真非自然而至不足為瑞若偽為遠夷笑願厚賜其使而還其獸因奏賦以諷遷度支員外郎判句院擢修起居注五辭而後受判礼部有司奏六月朔日當食公言故事食不滿分或京師不見皆賀臣以為日食四方見京師不見者天意人君為陰邪所蔽天下皆知而朝廷獨不知其為灾當益甚皆不當賀詔

從之後遂以爲常遷起居舍人同知諫院蘇某舉直
言策入第四等而考官以爲不當收公言轍於同科
四人中言最切直有愛君憂國之心不可不收時宰
相亦以爲當黜仁宗不許曰求直言以直棄之天下
其謂朕何公遂與諫官王陶同上疏願爲宗廟社稷
自重卻罷燕飲安養神氣後宮嬪御進見有度左
右小臣賜予有節厚味腊毒無益奉養者皆不宜數
御上嘉納之初至和三年仁宗始不豫國嗣未立天
下寒心而不敢言諫官范鎮首發其議公時爲并
州通判聞而繼之上疏言曰禮大宗無子則小宗爲
之後爲之後者爲之子也頃陛下擇宗室賢者使攝
儲貳以待皇嗣之生退居藩服不然典宿衛尹京邑

亦足以係天下之望疏三上其一留中其二付中書公又與鎮書此大事不言則已言一出豈可復顧公以死争之於是鎮言之益力及公爲諫官復上疏且面言臣昔爲并州通判所上三章願陛下果斷而力行之時仁宗簡默不言雖執政奏事首肯而已聞公言沉思久之曰得非欲選宗室爲繼嗣者乎此忠臣之言但人不敢及耳公曰臣言此自謂必死不意陛下開納上曰此何害古今皆有之因令公以所言付中書公曰不可願陛下自以意喻宰相是日公復言江淮鹽事詣中書白之宰相韓琦問公今日復何所言公默計此大事不可不使琦知思所以廣上意者即曰所言宗廟社稷大計也琦喻意不復言後十餘

曰有旨令公與御史裏行陳洙同詳定行户利害洙與公屏語曰日者大饗明堂韓公攝太尉洙爲監祭公從容謂洙聞君與司馬君實善君實嘗建言立嗣事恨不以所言送中書啟發此議無自發之行户利害非所以煩公也欲洙見公達此意耳時嘉祐六年閏八月也至九月公復上疏面言臣向者進説陛下欣然無難意謂即行矣今寂無所聞此必有小人言陛下春秋鼎盛子孫當千億何遽爲此不祥之事小人無遠慮特欲倉卒之際援立其所厚善者耳唐自文宗以後立嗣皆出於左右之意至有云定策國老門生天子者此禍豈可勝言哉上大感悟曰送中書公至中書見琦等曰諸公不及今定議異日夜半禁中

出寸紙以某人爲嗣則天下莫敢違琦等皆唯唯曰敢不盡力後月餘詔英宗判宗正寺固辭不就職明年遂立爲皇子稱疾不入公復上疏言凡人爭絲毫之利至相爭奪今皇子辭不貲之富至三百餘日不受命其賢於人遠矣有識聞之足以知陛下之聖能爲天下得人然臣聞父召無諾君命召不俟駕而行使者受命不受辭皇子不當辭避使者不當徒反凡召皇子內臣皆乞責降且以臣子大義責皇子宜必入英宗遂受命兖國公主下嫁李瑋以驕恣聞公上疏言太宗時姚坦爲兖王翊善有過必諫左右教王詐疾踰月太宗召王乳母入問起居狀乳母曰王無疾以姚坦鬱鬱成疾耳太宗怒曰王年少不知爲此

汝輩教之杖乳母數十召坦慰勉之齊國獻穆大長公主太宗之子真宗之妹陛下之姑而謙恭率禮天下稱其賢願陛下教子以太宗爲法公主事夫以獻穆爲法已而公主不安於李氏詔瑋出知衛州公主入居禁中而瑋母楊歸其兄璋散遣其家人公言陛下追念章懿太后故使瑋尚主今乃母子離析家事流落陛下獨無雨露之感悽惻之心乎瑋既責降公主亦不得無罪上感悟詔公主降封沂國待李氏恩禮不衰判檢院權判國子監除知制誥力辭至八九改授天章閣待制兼侍講賜三品服仍知諫院上疏言經略安撫使以便宜從事出於兵興權制非永世法及將相大臣典州者多以貴倨自恃凌忽轉運使不

得舉職朝廷務省事專行姑息之政至於胥吏讙譁
而逐御史中丞輦官悖慢而退宰相衛士凶逆而獄
不窮姦澤加於舊軍人詈三司使而法官以爲非犯
階級於用法疑其餘有一夫流言於道路而爲之變
法推恩者多矣皆陵遲之漸不可以不正充媛董氏
薨追贈婉儀又贈淑妃輟朝成服百官奉慰定謚行
册禮葬給鹵簿 公言董氏秩本微病革之日方拜充
媛古者婦人無謚近制惟皇后有之鹵簿本以賞軍
功未甞施於婦人惟唐平陽 公主有舉兵佐高祖定
天下之功乃得給至韋庶人始令妃主葬日皆給鼓
吹非令典不足法時有司新定後宫封贈法皇后與
妃皆贈三代 公言別嫌明疑妃不當與后同袁盎引

却慎夫人坐正爲此耳天聖新郊太妃止贈二代而況妃乎知嘉祐八年貢舉仁宗崩英宗哀毁致疾慈聖光獻太后同聽政公首上疏言章獻明肅太后保佑先帝進賢退姦有大功於趙氏特以親用外戚小人故負謗天下今太后初攝大政大臣忠厚如王曾清純如張知白剛正如魯宗道質直如薛奎者當信用之鄙猥如馬季良讒諂如羅崇勳者當疏遠之則天下服又上疏英宗言漢宣帝爲昭帝後終不追尊衞太子史皇孫光武起布衣得天下自以爲後元帝亦不追尊鉅鹿都尉南頓君惟哀安桓靈皆自旁親入繼大統追尊其父祖天下非之願以爲戒時公所得仁宗遺賜珠金直百餘萬率同列三上章言國有

大憂中外窘乏不可專用乾興故事若遺賜不可辭則宜許侍從以上進金錢佐山陵費不許公乃以所得珠爲諫院公使錢金以遺其舅氏義不藏於家英宗疾既平皇太后還政公上疏言治身莫先於孝治國莫先於公其言切至皆母子間人所難言者時有司立法皇太后有所取用有司奏覆得御寶乃供公極論以爲不可當直下合同司移所屬立供如上所取已乃具數奏太后以防矯僞曹佾除使相兩府皆遷公言佾無功而得使相陛下以慰母心耳今兩府皆遷無名若以還政爲功則宿衛將帥内侍小臣必有覬望已而都知任守忠等皆遷公復爭之因論守忠大姦陛下爲皇子非守忠意沮壞大策離間百端

賴先帝不聽及陛下嗣位反覆華面交搆兩宮國之
大賊人之巨蠹乞斬於都市以謝天下詔以守忠爲
節度副使蘄州安置天下快之時有詔陝西刺民兵
號義勇公上疏極論其害去康定慶曆間籍陝西民
爲鄉弓手已而刺爲保捷指揮民被其毒兵終不可
用遇敵先北征兵隨之每至崩潰縣官知其坐食無
用汰遣歸農而惰遊之人不能復反南畝強者爲盜弱
者轉死溝壑父老至今流涕也今義勇何以異此章六上
不從乞罷諫官不許王廣淵除集賢院公言廣淵姦
邪不可近昔漢景帝爲太子召上左右飲衛綰獨稱
疾不行及即位待綰有加周世宗鎮澶淵張美爲三
司吏掌州之錢穀世宗私有求假美悉力應之及即

佐薄其為人不用今廣淵當仁宗之世私自結於陛下豈忠臣哉願黜之以厲天下執政建言濮安懿王德盛位隆宜有尊禮詔太常禮院與兩制議翰林學士王珪等相顧不敢先公獨奮筆立議曰為之後者為之子不敢復顧其私親今日所以崇奉濮安懿王典禮宜一准先朝封贈期親尊屬故事高官大爵極其尊崇之議成珪即敕吏以公手稾為案至今存焉時中外訩訩御史呂誨傅堯俞范純仁呂大防趙鼎趙瞻等皆爭之相繼降黜公上疏乞留之不可則乞與之皆貶初西戎遣使致祭而延州指使高宜押伴傲其使者侮其國王使者訴於朝公與呂誨乞加宜罪不從明年西戎犯邊殺略吏士趙滋為雄州皆以猛

悍治邊公亦論其不可至是契丹之民有捕魚界河伐柳白溝之南者朝廷以知雄州李中祐爲不材選將代之公言國家當戎狄附順時好與之計較末節及其桀傲又從而姑息之近者西戎之禍生於高宣北狄之隙起於趙滋朝廷方賢此二人故邊臣皆以生事爲能今若選將代中祐則來者必以滋爲法而以中祐爲戒漸不可長宜敕邊吏疆埸細故徐以文檄往反若輕以矢刃相加者坐之京師大水公上疏論三事皆盡言無所隱諱除龍圖閣直學士判流内銓改右諫議大夫知治平四年貢舉神宗即位首擢公爲翰林學士公力辭不許上面諭公古之君子或學而不文或文而不學惟董仲舒揚雄兼之卿有文

學何辭爲公曰臣不能爲四六上曰如兩漢制詔可
也公曰本朝故事不可上曰卿能舉進士取高等而
云不能四六何也公趨出上遣内臣至閤門強公受
告拜而不受趨公入謝曰上坐以待公公入至廷中
以告置公懷中不得已乃受遂爲御史中丞初中丞
王陶論宰相不押常朝班爲不臣宰相不從陶爭之
力遂罷公既繼之言宰相押班細故也陶言之過然愛
禮存羊則不可已自頃宰相權重今陶復以言宰相
罷則中丞不可復爲臣願俟宰相押班然後就職上
曰可陶既出知陳州謝章詆宰相不已執政議再貶
陶公言陶誠可罪然陛下欲廣言路屈己受陶而宰
相獨不能乎乃已公上疏論修心之要三曰仁曰明

曰武治國之要三曰官人曰信賞曰必罰其說甚備
且曰臣昔爲諫官即以此六言獻仁宗皇帝其後以
獻英宗今以獻陛下平生力學所得盡在是矣公在
英宗時與呂誨同論祖宗之制句當御藥院常用供
奉官已下至內殿崇班則出近歲居此位者皆暗理
官資貪其廩給非祖宗本意又故事年未五十不得
爲內侍省押班今除張茂則止四十八不可至是又
言之因論高居簡姦邪乞加遠竄章三上上爲盡罷
寄資內臣居簡亦補外未幾復留陳承禮劉有方二
人公復爭之又言近者王中正往陝西知涇州劉渙
等諂事中正而鄜延鈐轄吳舜臣遺失其意已而渙
等進擢舜臣降黜權歸中正謗歸陛下是去一居簡

得一君簡上手詔問公所從知公曰臣得之賓客非一人言事之有無惟陛下知之業無臣不敢避妄言之罪万一有之不可不察詔用宦者直省官郭昭選等四人爲閤門祗侯公言國初草創天步尚艱故即位之始必以左右舊人爲腹心耳目謂之隨龍非平日法也閤門祗候在文臣爲館職豈可使厮役爲之英宗山陵公爲儀仗使賜金五十兩銀合三百兩三上章辭從之邊吏上言西戎部將嵬名山欲以横山之衆取諒祚降詔邊臣招納其衆公上疏極論以爲名山之衆未必能制諒祚幸而勝之滅一諒祚生一諒祚何利之有若其不勝必引衆歸我不知何以待之臣恐朝廷不獨失信於諒祚又將失信於名山矣

若名山餘衆尚多還比不可入南不受窮無所歸必將突據邊城以救其命陛下獨不見侯景之事乎上不聽遣將和諤發兵迎之取綏州費六十万西方用兵蓋自是始矣兼翰林侍讀學士登州有不成昏婦謀殺其夫傷而不死者吏疑問即承知州事許遵讞之有司當婦絞而詔貸之遵上議準律因犯殺傷而自首者得免所因之罪婦當減二等不當絞詔公與王安石等議之安石是遵議公言謀殺猶故殺也皆一事不可分若謀爲所因與殺爲二則故與殺亦可為二邪自宰相文彥博以下皆附公議然卒用安石言至今天下非之權知審官院百官上尊號公當荅詔上疏言先帝親郊不受尊號天下莫不稱頌末

年有建言者國家與契丹有往來書信彼有尊號而我獨無以爲深恥於是群臣復以非時上尊號昔漢文帝時單于自稱天地所生日月所置匈奴大單于不聞文帝復爲大名以加之也願陛下追用先帝本意不受此名上大悅手詔荅公非卿朕不聞此言善爲荅詞使中外曉然知朕至誠非欺衆邀名者遂終身不復受尊號執政以河朔災傷國用不足乞今歲親郊兩府不賜金帛送學士院取旨公言兩府所賜以疋兩計二万止未足以救災宜自文臣兩省武臣宗室刺史以上皆減半公與學士王珪王安石同對公言救災節用自貴近始可聽兩府辭賜安石曰常衮辭賜饌時議以爲衮自知不能當辭位不當辭祿

且國用不足非當今之急務也公曰衮辭禄猶賢於持禄固位者國用不足真急務安石言非是安石曰不足者以未得善理財者故也公曰善理財者不過頭會箕斂以盡民財民窮爲盗非國之福安石曰不然善理財者不加賦而上用足公曰天下安有此理天地所生財貨百物止有此數不在民則在官譬如雨澤夏澇則秋旱不加賦而上用足不過設法陰奪民利其害甚於加賦此乃桑羊欺漢武帝之言太史公書之以見武帝之不明耳至其末年盗賊蜂起幾至於乱若武帝不悔禍昭帝不變法則漢幾二争議不已王珪進曰救災節用宜自貴近始司馬光言是也然所費無幾恐傷國體王安石言亦是惟陛下裁

擇上曰朕意與光同然吾以不允荅之會王安石嘗制
遂引常衮辭堂饌事請罷府兩府亦不復辭兼史館修撰上
問公可為諫官者公薦呂誨講以天章閣待制知諫
院詔公與張茂則同相視二股河及生堤利害公用
都水監丞宋昌言策乞於二股之西置上約約水東
流若東流已深乃北流自淺薪芻漸備乃塞其北放出
御河胡盧河一下流以紓恩冀深瀛以西之患時議者
多不同公於上前反覆論辯甚苦卒從之後皆如公
言賜詔獎諭王安石始為政制置三司條例司
建為青苗助役均輸之政置提舉官四十餘員行其
法於天下謂之新法公上疏逆陳其利害曰後當如
是行之十餘年無一不如公言者天下傳誦以公為

真宰相雖田父野老皆號公司馬相公而婦人孺子知其爲君實也迩英進讀至蕭何曹參事公曰參不變何法得守成之道故孝惠高后時天下晏然衣食滋殖上曰漢常守蕭何之法不變可乎公曰何獨漢也使三代之君常守禹湯文武之法雖至今存可也武王克商及反商政政由舊則雖周亦用商政也書曰無作聰明亂舊章漢武帝用張湯言取高帝法紛更之盜賊半天下元帝改宣帝之政而漢業衰由此言之祖宗之法不可變也後數日呂惠卿進講因言先王之法有一年一變者正月始和布法象魏是也有五年一變者巡守考制度是也有三十年一變者刑罰世輕世重是也有百年不變者父慈子孝兄

友弟恭是也前日光言非是其意以諷朝廷且譏臣爲條例司官耳上問公惠卿言何如公曰布法象魏布舊法也何名爲變若四孟月朔屬民讀法爲時變月變耶諸侯有變禮易樂者王巡守則誅之王不自變也刑新國用輕典乱國用重典平國用中典是爲世輕世重非變也且治天下譬如居室敝則修之非大壞不更造也大壞而更造非得良匠美材不成今二者皆無有臣恐風雨之不庇也公卿侍從皆在此願陛下問之三司使掌天下財不才而黜可也不可使兩府侵其事今爲制置三司條例司何也宰相以道佐人主安用例苟用例而已則胥吏足矣今爲看詳中書條例司何也惠卿不能對則詆公曰光爲侍

從何不言而不從何不去公笑而答曰是臣之罪也上曰相與論是非耳何至是講畢賜坐戶外將出上命徙坐戶內左右皆避去上曰朝廷每更一事舉朝汹汹何也王珪曰臣踈賤在闕門之外朝廷之事不能盡知借使聞之道路又不知其虛實也上曰聞則言之公曰青苗出息平民爲之尚能以蠶食下戶至飢寒流離況縣官法度之威乎惠卿曰青苗法願取則與之不願不强也公曰愚民知取債之利不知還債之害非獨縣官不强富民亦不强也臣聞作法於涼其弊猶貪作法於貪弊將若之何昔太宗平河東立和糴法米斗十餘錢草束八錢民樂與官爲市其後物貴而和糴不解遂爲河東世世患臣恐異日

之青苗猶河東之和糴也上曰陝西行之久矣民不以為病公曰臣陝西人也見其病不見其利朝廷初不許也而有司尚能以病民況許之乎上曰坐倉糴米何如坐者皆起曰不便上已罷之幸甚上曰未罷也公曰京師有七年之儲而錢常乏若坐倉錢益乏米益陳柰何惠卿曰坐倉得米百万斛則省東南百万之漕以其錢供京師何患無錢公曰東南錢荒而米狼戾今不糴米而漕錢棄其有餘取其所無農末皆病矣侍講吳申起曰光言至論也公曰此皆細事不足煩人主但當擇人而任之有功則賞有罪則罰此陛下職也上曰然文王罔攸兼于庶言庶獄庶慎惟有司之牧夫公趨出上曰卿得無以惠卿之

言不樂乎公曰不敢韓琦上疏論青苗之害上感悟欲罷其法安石稱疾求去會拜公樞密副使上章力辭至六七日上誠能罷制置條例司追還提舉官不行青苗助役等法雖不用臣臣受賜多矣不然終不敢受命上遣人謂公樞密兵事也官各有職不當以他事為辭公言臣未受命則猶侍從也於事無不可言者安石起視事青苗卒不罷公亦卒不受命則以書喻安石三往反開諭甚至猶幸安石之聽而改也且曰巧言令色鮮矣仁彼忠信之士於公當路時雖齟齬可憎後必得其力諂諛之人於今誠有順適之快一旦失勢必有賣公以自售者意謂呂惠卿鄧綰客輙指言之曰覆王氏者必惠卿也小人本以利合

勢傾利祿何所不至其後六年而惠卿叛安石上書告其罪苟可以覆王氏者靡不為也由是天下服公先知公求補外上猶欲用公公不可以端明殿學士出知永興軍朝辭進對猶乞免本路青苗助役宣撫使下令分義勇四番欲以更戍邊選諸軍驍勇募閭里惡少為奇兵調民為乾糧麬飯雖内郡不備邊皆修城池樓櫓如邊郡且遣兵就糧長安河中邠三輔騷然公上疏極言方凶歲公私困弊不可舉事而永興一路城池樓櫓皆不急乾糧麬飯皆嘗造後無用腐棄之宣撫司令臣皆未敢從若乏軍興臣坐之於是一路獨見免頃之詔移知許州不赴遂乞判西京留司御史臺以歸自是絕口不論事以祀明堂恩加

上柱國至熙寧七年以天下旱蝗詔求直言公讀詔泣下欲默不忍乃復陳六事一青苗二免役三市易四邊事五保甲六水利此尤病民者宜先罷又以書責宰相吳充天子仁聖如此而公不言何也元豐五年秋公忽得語濇疾因疑當中風乃預作遺表大略如六事加詳盡感槩親書緘封置卧内且死當以授所善范純仁范祖禹使上之凡居洛十五年再任留司御史臺四任提舉崇福宮制行沙大中大夫加資政殿學士神宗崩公赴臨衛士見公入皆以手加額曰此司馬相公也民遮道呼曰公毋歸洛留相天子活百姓所在數千人聚觀之公懼會放辭謝遂徑歸洛太皇太后聞之詰問主者遣使勞公問所當

先者公言近歲士大夫以言為諱閭閻愁苦於下而
上不知明主憂勤於上而下無所訴此罪在羣臣而愚
民無知歸怨先帝至六[illegible]首開言路從之下詔牓朝
堂而當時有不欲者於詔中設六事以禁切言者
曰若陰有所懷犯非其分或扇搖機事之重或迎合
已行之令上以觀望朝廷之意以僥倖希進下以眩
惑流俗之情以干取虛譽者若此者必罰無赦太皇太
后封詔草以問公公曰此非求諫乃拒諫也人臣惟
不言言則入六事矣時太府少卿宋彭年水部員外
郎王諤皆應詔言事皆欲借此一人以懲天下言者
皆以非職而言贖銅三十斤公具論其情且請敃賜
詔書行之天下從之於是四方吏民言新法不便者

數千人公方草具所當行者而太皇太后已有旨散
遣修京城役夫罷減皇城內覘者止御前工作出近
侍之無狀者三十餘人戒敕中外無敢苛刻暴斂廢
導洛司物貨場及民所養戶馬寬保馬限皆從中出
大臣一不與公上疏謝當今急務陛下略已行之矣小
臣稽慢罪當萬死詔慰公知陳州且過闕入見使者
勞問相望於道至則辭門下侍郎公方辭不許數賜
手詔先帝新棄天下天子沖幼此何時而君辭位邪
公一不敢辭以覃恩遷通議大夫初神宗皇帝以英偉
絕人之資勵精求治凜凜乎漢宣帝唐太宗之上矣
而宰相王安石用心過當急於功利小人得乘間而
入呂惠卿之流以此得志後者慕之爭先相高而天

下病矣先帝明聖獨覺其非出安石金陵天下欣然意法必變雖安石亦自悔恨其去而復用也欲稍自改而惠卿之流恐法變身危持之不肯改然先帝終疑之遂退安石八年不復召而惠卿亦再逐不用元豐之末天下多故及二聖嗣位民日夜引領以觀新政而進說者以爲三年無改於父之道欲稍損其甚者毛舉數事以塞人言公慨然爭之曰先帝之法其善者雖百世不可變也若安石惠卿等所建爲天下害非先帝本意者改之當如救焚拯溺猶恐不及昔漢文帝除肉刑斬右趾者弃市笞五百者多死景帝元年即改之武帝作鹽鐵榷酤均輸等法昭帝罷之唐代宗縱宦官求賂遺置客省拘滯四方之人德宗立

未三月罷之德宗晚年爲宮市五坊小兒暴横鹽鐵
月進羨餘順帝即位罷之當時悅服後世稱頌未有
或非之者也况太皇太后以母改子非子改父衆議
乃定公以爲治乱之機在於用人邪正一分則消長
之勢自定每論事必以人物爲先凡所進退皆天下
所謂當然者然後朝廷清明人主始得聞天下利害
之實遂罷保甲團教依義勇法歲一閱保馬不復買
見在者還監牧給諸軍廢市易法所儲物皆鬻之不
取息而民所欠錢皆除其息京東鐵錢河北江西
福建湖南鹽及福建茶法皆復其舊獨川峽茶以邊
用未即罷遣使相視去其甚者戶部左右曹錢穀皆
領之尚書乞并之三司使事有散隸五曹及寺監者

皆歸户部使尚書周節其數量入以爲出於是天下釋然曰此先帝本意也非吾君之子不能行吾君之意時獨免役青苗將官之法猶在而西戎之議未決也山陵畢遷公正議大夫公自以不與顧命不敢當詔不許元祐元年公始得疾詔公與尚書左丞呂公著朝會拔敍玫異班再拜而已不舞蹈公疾益甚歎曰四患未除吾死不瞑目矣乃力疾上疏論免役五害乞直降勅罷之率用熙寧以前法有未便州縣監司節級以聞爲一路一州一縣法詔即日行之又論西戎大略以和戎爲便用兵爲非時異議者甚衆公持之益堅其後太師文彦博議與公合衆不能奪又論將官之害詔諸將兵皆隸州縣軍政委守令通決

之又乞廢提舉常平司以其事歸之轉運使及提點刑獄公謂監司多新進少年務爲刻急天下病之乞自太中大夫待制以上於郡守中舉轉運使提點刑獄於通判中舉轉運判官又以文學德行吏事武略等爲十科以求天下遺才命文臣外朝以上歲舉經明行修一人以爲進士高選皆從之拜左僕射疾稍間將起視事詔免朝覲許以肩輿三日一入都堂或門下尚書省公不敢當曰不見君不可以視事詔公肩輿至內東門以[?]子康扶入對小殿且曰毋拜公惶恐入對延和殿再拜遂罷青苗錢復[?]行常平糴糶法以歲上中下熟爲三等穀賤及下等則增價糴貴及上等則減價糶惟中等則否及下等而不糴及上等而

不耀皆坐之時二聖恭儉慈孝視民如傷虛己以聽
公公知無不爲以身任天下之責數月復病以九月
丙辰朔薨于西府享年六十八太皇太后聞之慟上
亦感涕不已時方躬祀明堂禮成不賀二聖皆臨其
喪哭之哀甚輟視朝贈太師溫國公襚以一品禮服
賻銀三千兩絹四千疋賜龍腦水銀以斂命户部侍
郎趙瞻入内内侍省押班馮宗道護其喪歸于陝官
其親族十人諡曰文正以元祐二年正月辛酉葬於
陝之夏縣涑水南原之晁村公忠信孝友恭儉正直
出於天性自少及老語未嘗妄其好學如飢之嗜食
於財利紛華如惡惡臭誠心自然天下信之退居于
洛往來陝郊陝洛間皆化其德師其學法其儉有不

善曰君實得無知之乎博學無所不通音樂律曆天文書數皆極其妙晩節尤好禮爲冠昏喪祭法適古今之宜不喜釋老曰其微言不能出吾書其誕吾不信不事生産買第洛中僅庇風雨有田三頃喪其夫人質田以葬惡衣菲食以終其身自以遭遇聖明言聽計從欲以身徇天下躬親庶務不捨晝夜賓客見其體羸曰諸葛孔明二十罰以上皆親之以此致疾公不可以不戒公曰死生命也爲之益力病革諄諄不自覺如夢中語皆朝廷天下事也旣没其家得遺奏八紙上之皆手札論當世要務京師民畫其像刻印鬻之家置一本飲食必祝焉四方皆遣人購之京師時畫工有致富者有文集八十卷資治通鑑三百

二十四卷考異三十卷歷年圖七卷通歷八十卷稽古録二十卷本朝百官公卿表六卷翰林詞草三卷注古文孝經一卷易説三卷注繫辭二卷注老子道德論二卷集注太元經八卷大學中庸義一卷集注揚子十三卷文中子傳一卷河外諮目三卷書儀八卷家範四卷續詩話一卷遊山行記十二卷醫問七篇其文如金玉穀帛藥石也必有適於用無益之文未嘗一語及之初公患歷代史繁重學者不能綜究於人主遂約戰國至秦二世如左氏體爲通志八卷以進英宗悦之命公續其書置局秘閣以其素所賢者劉攽劉恕范祖禹爲屬官凡十九年而成起周威烈王訖五代上下一千三百六十二載其是非疑似

之間皆有辨論一事而數說者必考合異同而歸之一作考異以志之神宗尤重其書以爲賢於荀悅親爲製叙賜名資治通鑑詔邇英讀其書賜潁邸舊書二千四百二卷書成拜資政殿學士賜金帛甚厚娶張氏礼部尚書存之女封清河郡君先公卒追封溫國夫人子三人童唐皆早亡康今爲秘書省校書郎孫二人植桓皆承奉郎公歷事四朝皆爲人主所欽然神宗知公最深公思有以報之常誦孟子之言曰責難於君謂之恭陳善閉邪謂之敬謂吾君不能謂之賊故雖議論違忤而神宗識其意待之愈厚及拜資政殿學士蓋有意復用公也夫復用公者豈徒然哉將必行其所言公亦識其意故爲政之日自信不疑

嗚呼若先帝可謂知人矣其知之也深公可謂不負所知矣其報之也大軾從公遊二十年知公平生爲詳故録其大者爲行狀其餘非天下所以治乱安危者皆不載謹狀

# 增廣司馬溫公全集卷百十六

神道碑　東坡文集卷卅九載 溫公神道碑文　蘇内翰

上即位之三年朝廷清明百揆時叙民安其生風俗一變異時薄夫鄙人皆洗心易德務爲忠厚人人自重耻言人過中國無事四夷稽首請命惟西羌夏人叛服不常懷毒自疑數入爲寇上命諸將按兵不戰示以形勢數月生致大首領鬼章青宜結闕下夏人數十万寇涇原至鎮戎城下五日無所得一夕遁去而西羌兀征聲延以其族万人来降黄河始使曹村既築靈平復使小吴横流五年朔方騷然而今歲之秋積雨弥月河不大溢及冬水入地益深有北流

赴海復禹舊迹之勢凡上所欲不求而獲而其所惡不麾而去天下曉然知天意與人合庶幾復見至治之成家給人足刑措不用如咸平景德間也或以問臣上與太皇太后安所施設而及此臣某對曰在易大有上九自天祐之吉無不利孔子曰天之所助者順也人之所助者信也履信思乎順又以尚賢也是以自天祐之吉無不利今二聖躬信順以先天下而用司馬公以致天下士應是三德矣且以臣觀之公仁人也天相之矣何以知其然也曰公以文章名於世而以忠義自結人主朝廷知之可也四方之人何自知之士大夫知之可也農商走卒何自知之中國知之可也九夷八蠻何自知之方其退居於洛眇然

如顏子之在陋巷纍然如屈原之在陂澤其與民相忘也久矣而名震天下如雷霆如河漢如家至而日見之聞其名者雖愚無知如婦人孺子勇悍鄙化如軍伍夷狄以至於姦邪小人雖惡其害已仇而疾之者莫不斂衽變色咨嗟太息或至於流涕也元豐之末臣自登州入朝過八州以至京師民知其與公善也所在數千人聚而號呼於馬首曰寄謝司馬丞相慎毋去朝廷厚自愛以活百姓如是者蓋千餘里不絶至京師聞士大夫言公初入朝民擁其馬至不得行衛士見公擎忘流涕者不可勝數公懼而歸洛遼人夏人遣使入朝與吾使至虜中者虜必問公起居而敕其邊吏曰中國相司馬矣慎無生事開邊

隙其後公薨京師之人罷市而往弔粥衣以致奠巷
哭以過車者蓋以千万數上命户部侍郎趙瞻内侍
省押班馮宗道護其喪歸葬瞻等既還皆言民哭公
哀甚如哭其私親四方來會葬者蓋數万人而嶺南
封州父老相率致祭且作佛事以薦公者其詞尤哀
炷香於首頂以送公葬者凡百餘人而畫像以祠公
者天下皆是也此豈人力也哉天相之也匹夫而能
動天亦必有道矣非至誠一德其孰能使之記曰惟
天下之至誠為能盡其性能盡其性則能盡人之性
能盡人之性則能盡物之性能盡物之性則可以贊
天地之化育矣書曰惟尹躬暨湯咸有一德克享天
心又曰德惟一動罔不吉德二三動罔不凶或以千

金與人而不喜或以一言使人而人死之者誠與不
誠故也滔天之燎不能終朝而一綫之溜可以穿石
者一與不一故也誠而一古之聖人不能加毫末於
此也而況公乎故臣論公之德至於感人心動天地
巍巍如此而蔽之以二言曰誠曰一公諱光字君實
其先河内人晉安平獻王孚之後王之裔孫征東大
將軍陽始葬今陝州夏縣涑水鄉子孫因家焉曾祖
諱政以五代衰亂不仕贈太子太保祖諱炫舉進士
試秘書省校書郎終於耀州富平縣令贈太子太傅
考諱池寶元慶曆間名臣終於兵部郎中天章閣待
制贈太師溫國公曾祖妣薛氏祖妣皇甫氏妣聶氏
皆封溫國太夫人公始以進士甲科事仁宗皇帝至

天章閣待制兼侍講知諫院始發大議乞立宗子爲後以安
宗廟宰相韓琦等因其言遂定大計事英宗皇帝爲
諫議大夫龍圖閣直學士論陝西刺義勇爲民患及
内侍任守忠姦邪亂政斬以謝天下守忠竟以譴死又
論濮安懿王當準先朝封贈期親尊屬故事天下韙義
之重神宗皇帝爲翰林學士御史中丞西戎部將嵬
名山欲以橫山之衆來降公極論其不可納後必爲邊
患已而果然勸帝不受尊號遂爲萬世法及王安石
爲相時始行青苗助役農田水利謂之新法公首言
其害以身爭之當時士大夫不附安石言新法不便
者皆倚公爲重帝以公爲樞密副使公以言不行不
受命乃以爲端明殿學士出知永興軍遂以留司御

史臺及提舉崇福宫退居於洛十有五年及上即位
太皇太后稱政起公爲門下侍郎遷正議大夫遂拜
左僕射公首更詔書以開言路分别邪正進退其甚
者十餘人旋罷保甲保馬市易及諸路新行鹽鐵茶
法最後遂罷助役青苗方議取士擇守令監司以養
民期於富而教之凜凜嚮至治矣而公卧病以元祐
元年九月丙辰朔薨于位享年六十八太皇太后聞
之慟上亦感涕不已時方祀明堂禮成不賀二聖皆
臨其喪哭之哀甚輟視朝贈太師溫國公襚以一品
禮服謚曰文正官其親屬十人公娶張氏禮部尚書
存之女封清河郡君先公卒追封溫國夫人子三人
童唐皆早亡康今爲秘書省校書郎孫二人植桓皆

承奉郎以元祐二年辛酉葬于陝西夏縣涑水南原
之晁村上以御篆表其墓道曰忠清粹德之碑而其
文以命臣某臣嘗爲公行狀而端明殿學士范鎮
取以誌其墓矣故其詳不復再見而獨論其大方議
者徒見上與太皇太后進公之速用公之盡而不知
神宗皇帝知公之深也自士庶人至于卿大夫與賓
師朋友道足以相信而權不足以相休戚然猶同己
則親之異己則疏之未有聞過而喜受誨而不怒者
也而況於君臣之間乎方熙寧中朝廷政事與公所
言無一不相違者書數十上皆盡言不諱蓋自敵以
下所不能堪而先帝安受之非特不怒而已乃欲以
爲左右輔弼之臣至爲叙其所著書讀之於邇英閣

不深知公而能如是乎二聖之知公也知之於既同而先帝之知公也知之於方異故臣以先帝爲難昔齊神武皇帝寢疾告其子世宗曰侯景專制河南十四年矣諸將皆莫能敵惟慕容紹宗可以制之我故不貴留以遺汝而唐太宗亦謂高宗汝於李勣無恩我今責出之汝當授以僕射乃出勣爲疊州都督夫齊神武唐太宗雖未足以比隆先帝而紹宗與勣亦非公之流然古之人君所以爲其子孫長計遠慮者類皆如此寧其自不受知人之名而使其子孫享得賢之利先帝知公如此而卒不盡用安知其意不出於此乎臣既書其事乃拜手稽首而作詩曰

於皇上帝　子惠我民　孰堪顧天　惟聖與仁

聖子受命　如堯之初　神母詔之　匪亟匪徐
聖神無心　孰左右之　民自擇相　我興授之
其相惟何　太師温公　公来自西　一馬二童
萬人環之　如渴赴泉　孰不見公　莫如我先
二聖忘己　惟公是式　公亦無我　惟民是度
民曰樂哉　既相司馬　爾賈于途　我耕于野
士曰時哉　既用君實　我後子先　時不可失
公如麟鳳　不鷙不搏　羽毛畢朝　雄狡率服
為政一年　疾病半之　功則多矣　百年之思
知公于異　識公于微　匪公之思　神考是懷
天子萬年　四夷来同　薦于清廟　神考之功

## 司馬温公謚議

朝奉郎行太常博士顏復議曰聖人成性事天宜君安人之道常在乎易簡正直罷者不勉固不及智者過求亦不得惟君子而時中者爲能取其至要安居而力行之是以用行舍藏皆足以悚起當世而爲法後人也公淳正剛健以載道德不動之智足以索神明之至弗思之才足以闡言家之微然守以爲學者非六經之道不思推以誨人者非聖賢之迹不道明善之勇如飢渴之於飲食別邪之敏如衣冠坐於塗炭志斯可樂非之以天下弗顧義所不在禄之以萬鍾弗屑夙興夜寐引君當道以斯民被澤爲己任經之以不倦行之以忠信處之以謙虛雖君朋近親望之必肅始學蒙意就之皆温可謂古今盛德之至已歷事

仁祖英廟二朝在講學典禮侍言司直之職理苟當
論毅然先發故正言清節冬播天下彊志之士行有
反愧于中則儼然如公臨之至田夫走隷俚婦昏童
莫不熟公之名字遠者想見而近者欽瞻焉
神宗皇帝以不世之略過漢宣帝唐文皇思周知天
下之利敝圖爲法度以肇非常之原宰相王安石用
斂財趣功之策進公屢辭以不可至辭大任以去安
石之徒翕翕褊四方峻法以促吏繁言以彊民下益
疑而不寧利不勝病公時蕭散伊洛之間至公之論
屬焉上之待公禮有加而無衰蓋異學者方試而姑
便公之求耳豈爲違天下之屬而然哉及二聖臨朝
起公以相搢紳士夫林澤晦遯逮衝衢之氓皆曰從

天民之欲安有不極治其達者又喜善成先帝之志也以是公扶忠却佞噓憊解苛知無不爲未易數月遠邇豫然皆蒙堯舜之仁矣雖未究厥施遘疾弗瘳朝廷忠邪之論已公士民休戚之原已明學者去取之疑已決中外自重之士已用治平之基社稷之休公寔定之亦可謂志行而無憾也公得道易直自信之篤其成也如此真百世學者之指歸世儒愛公之至欲方以漢楊震晉山濤唐魏元成崔祐之楊綰以僅得一節躊躇不敢倡言是近世名目未有倫者謹按謚法道德博聞曰文内外賓服曰正以公大節應謚法擬謚曰文正謹議

朝奉郎尚書考功員外郎歐陽棐伏准太常寺謚議
如前按公歷事四朝以正道直節悚動天下志行於
朝廷而効見於當世其所本者至誠故也公之學主
於孝悌忠信恭敬正直其論說必出於六經周公仲尼
之言其深好而篤信之若得嗜欲力行而固守之堅
若金石其心以為不足於義者若避水火其所欲為
挺身直前不少回奪然非有所為而為之也不期施
名不徇於衆利欲之好得失之患如所不知蓋一信
其所學而無它意異慮雜于其間終身無一毫欺
於中亦不欲以一毫愧於人可謂希世而特立者矣
公持是心立於朝廷獨知憂民愛君使道行於天下
而未嘗有其身也自始進用仁宗春秋高宗廟社稷

未知所屬公進訴懇至敢道人之所不敢言以感悟
主意於是左右大臣力定國計至於倉卒之際國家
無虞天下不懼發其端者實自公始其餘遇事必言
不爲妄隨而苟止神宗皇帝以不世出之資懷欲治
之志思復三代之盛而議者因緣挾功利以自進公
力闢其說不直不已先帝知其忠而欲並用之公以
爲言不效則身何敢進卒辭大任退居十五年天下
之望屬公者益重矣然先帝常欲用而不忘皇帝嗣
位太皇太后同覽大政將舉偏補弊以成先帝之
志首以天下之望用公迨今朞年民之所未便多
所改革忠邪善惡進退明白風俗知趣於正而公議
且立朝廷清平天下悅喜公當是時勞心竭力以天

下爲己任事一未盡於理者思而行之夕不及旦病且死未嘗忘也太常考行議謚以爲合於道德博聞内外賓服之法如公學本於先王志一於仁義篤守力行自晦而顯既久而益著以見於天下傳於後世信可謂道德博聞矣其至誠之所感動莫不信服雖嘗與之持異而爭辯者亦心知其賢而莫能訾也下至里閭田野外至夷狄皆道其姓字以爲重信可謂内外賓服矣合以爲謚實允公議

右迪功郎蘄州司理參軍武　師禮　監印

右迪功郎蘄州防禦判官茁猗　師魯　監印

溫公集八十六　一部終

寄藏

文廟宋元刻書跋

長昭夙從事斯文經十餘年圖籍漸多意方今藏書家不乏於世而其所儲大抵屬輓近刻書至宋元槧蓋或罕有焉長昭獨積年募求乃今至累數十種此非獨在我之為艱而即在西土亦或不易則長昭之苦心可知矣然而物聚必散是理數也其能保無散委於百年之後乎孰若舉而獻之於廟學獲籍

聖德以永其傳則長貽之素願也廣以宋元槧三十種爲獻是其一也

文化五年二月

下總守市橋長昭謹誌

河三亥書

# 附葉

增廣司馬温公全集卷四十七

四十七卷　七丁付　了前後三丁の本

言御目

進呈上官均乞尚省事類分輕重

乞合兩省爲一

乞令三省諸司無條方用例

乞令六曹官送達

乞令六曹刪改條貫

乞不貸強盜

乞不貸故殺鬭殺

言部目上殿劄子　得旨送中書

# 師顧堂叢書已刊書目